VON MENSCHEN UND GEISTERN

VON MENSCHEN UND GEISTERN

Roman

Susanne Oswald

1

Als er um die Ecke bog, blendete ihn etwas so sehr, dass er die Augen zukneifen musste. Er wusste vorerst nicht, woher der Lichtstrahl kam. Erst als sich die Straße neigte und sich sein Sichtwinkel änderte, erkannte er, dass es von der Bushaltestelle her blinkte. Etwas Glänzendes hing dort an der Bank und spiegelte das Licht der bereits tief stehenden Sonne. Pawel trat stärker in die Pedale. Er wollte wissen, was das war. Es interessierte ihn so sehr, dass er inständig hoffte, kein anderer möge vor ihm bei der Bank eintreffen. Eigentlich gab es keinen Grund, so neugierig zu sein, aber ein seltsamer Zwang trieb ihn voran. Als er näher kam, sah er, dass der blendende Gegenstand rot war. Es schien sich um eine kleine Handtasche zu handeln. Und tatsächlich, an einem langen, dünnen Riemen hing ein rotes Herz aus glänzendem Lackleder.

Niemand machte Pawel seinen Fund streitig, denn kein Mensch kam um diese Zeit zu dieser entlegenen Haltestelle. Hier am Stadtrand benutzten nur wenige Leute den Bus, solche, die in den umliegenden, verstreuten Wohnblocks lebten und kein Auto hatten, oder gelegentlich ein paar Sportliche, die einen Waldspaziergang unternehmen wollten. Dafür war es jetzt aber zu spät.

Die kleine Tasche schien ganz neu zu sein, sie hatte noch keinen einzigen Kratzer. Deshalb war es nicht verwunderlich, dass das glatte Leder das Sonnenlicht reflektiere wie ein Spiegel. Pawel hielt das Täschchen mit einem flauen Gefühl in den

Händen. Das kleine, rote Ding erregte ihn auf bestürzende Weise. Er hängte es sich um den Hals und bestieg sein Fahrrad. Er wollte den Fund zu Hause in Ruhe untersuchen.

Und das war schon wenige Minuten danach, denn Pawel wohnte in einem dieser verlorenen Wohnblocks, bei einer alten Frau, die Zimmer an Studenten vermietete.

Er setzte sich an seinen Zeichentisch – Pawel studierte Architektur – und legte das Täschchen vor sich hin. Er ging ganz langsam vor, besah zuerst einmal alles von außen: das satte Rot, das durch den Glanz noch dramatischer leuchtete, die fein gearbeiteten Nähte, der schmale Riemen, der mit goldenen Ringen an den Seiten befestigt war. Das war ganz bestimmt keine billige Sache.

Bevor er den Reißverschluss öffnete, beschnupperte er seinen Fund. Ein Duft von Blumen und Vanille stieg ihm in die Nase, vermischt mit dem Geruch des Leders. Pawels Erregung stieg und er versuchte erst gar nicht zu verstehen, was ihn in Bann schlug. Denn diese kleine, unschuldige Tasche sprach etwas in ihm an, das er an sich nicht kannte, ein Wunsch nach Finden und Wunder, ein Gefühl, etwas greifen, halten zu wollen, wobei er dunkel ahnte, dass es ohnehin unfassbar war. Und gerade, weil er einen so mächtigen Drang fühlte, verlangsamte er seine Bewegungen und fuhr zögernd und bedächtig mit dem Zeigefinger über die sanften Zacken des Reißverschlusses. Dann endlich fasste er den kleinen, schlenkernden Griff und zog sanft daran.

Er hörte auf das Ratschen des langsam sich öffnenden Verschlusses und genoss das Blumen- und Vanilleparfüm, das sich nun verstärkte. Wieder zögerte er lange, bevor er es wagte, weiter vorzudringen, als ob er fürchtete, etwas zu entdecken, das sein diffuses Gefühl zerstören könnte. Doch dann plötzlich leerte er das Täschchen mit einem einzigen Ruck vor sich aus. Ein Lippenstift rollte davon und schepperte auf den Boden.

Es gab wenig Aufregendes: Puder einer teuren Marke, eine winzige Flasche mit Parfümspray, eine kleine, ebenfalls herzförmige Geldbörse mit ein paar Noten und Münzen, ein goldener Schlüsselring mit zwei Schlüsseln. Kein Ausweis mit Foto, kein Name, nur fünf Visitenkarten mit der Aufschrift „Gasthaus zur alten Kartause" und – das war das einzig Sonderbare – drei Haselnüsse. Pawel bückte sich nach dem Lippenstift. Er war von zartem, fast unschuldigem Rosa. Ratlos drehte er ihn in die perlmutterfarbene Hülse zurück.

Kein Name, kein Foto. Pawel war ernüchtert. Der uneingestandene Traum nach dem großen Abenteuer verflüchtigte sich. Er studierte nun seinen Plan, der unter den weiblichen Utensilien ausgebreitet war. Der Entwurf gefiel ihm nicht, die Kinderzimmer erhielten bei dieser Exposition nicht genügend Sonne. Er würde alles noch einmal neu zeichnen müssen. Aber wie? Ein Gebäude hat nun mal seine Schattenseiten, aber er wollte möglichst viel Licht für alle, vor allem für die Kinderzimmer. Kein Wunder, dass er an seinen Entwürfen beinahe verzweifelte.

Pawel stellte die Telefonnummer ein, die auf der Visitenkarte angegeben war. Doch das Gasthaus zur alten Kartause hatte geschlossen. „Morgen sind wir wieder für Sie da", sagte eine sanfte, fast schüchterne Stimme. Ob sie wohl der Besitzerin der Handtasche gehörte? Wie auch immer, Pawel beschloss, am nächsten Tag zur alten Kartause zu fahren und dort die Handtasche abzuliefern. Das Wetter war herrlich, dies waren die ersten schönen Frühlingstage, es war nur richtig, sich einen freien Tag und einen Ausflug zu gönnen. Er gestand sich nicht ein, dass er unterschwellig immer noch auf etwas hoffte, etwas Unbekanntes, Aufregendes. Langsam drehte er jedes der Fundstücke zwischen seinen schönen, geraden Fingern und packte es in das Täschchen zurück. Die drei Haselnüsse rührten ihn. Er hielt sie für eine sentimentale Erinnerung. Denn er wäre niemals auf die Idee gekommen, dass sie Kondome enthalten könnten.

2

Der wunderschöne Maientag erfüllte Pawel mit Kraft. Er trat fröhlich und beschwingt in die Pedale. Er war mit seinem Rad, eingeklemmt zwischen Lastwagenkolonnen, gekonnt durch die lärmigen, stinkenden Verkehrsadern der Stadt gekurvt und war nun auf einer Straße, in der bereits weniger Verkehr herrschte. Vor allem die großen gefährlichen Laster fuhren nicht auf dieser Nebenstraße und so versperrte nichts den Blick auf die Wiesen und Äcker, deren Ölsaat teilweise bereits hellgelb aufblühte. Endlich kam ein windschiefer Wegweiser nach rechts, der zur alten Kartause zeigte. Und die Straße wurde noch schmaler und war jetzt menschenleer.

Pawel fuhr durch ein Buchenwäldchen, dessen Hellgrün geradezu schmerzhaft in die Augen schnitt. Die Sonne malte zitronengelbe Flecke ins Laub, vor dem sich die Stämme schwarz wie Scherenschnitte abzeichneten. Es war so unglaublich schön anzusehen, das Pawel innehalten musste. Er setzte sich auf eine Bank, die halbzerfallen am Straßenrand stand, und betrachtete die mächtigen Bäume, die seltsamen Sprossen von Katzenwedel und das aufkeimende Farnkraut zwischen den kurzen Brombeerranken, die schon bald ein undurchdringliches Gewirr bilden würden. Es war erstaunlich still und auch die Äste bewegten sich nur unmerklich. Sie schienen den leeren Raum zwischen den Bäumen zärtlich zu streicheln. Pawel zog schnuppernd den Duft des Waldbodens ein und genoss die Ruhe. Erst nach einer Weile bemerkte er, dass ein leises Knacken und Sirren von Insekten wie ein Teppich über der Stille lag.

Ein kleiner Pfad, wie ein Wildwechsel, führte von der Straße in den Wald. Zuerst wurde Pawels Blick von ihm angezogen, dann Pawel selbst. Er versteckte sein Fahrrad im Gebüsch, hängte sich das kleine rote Herz, das er in der Tasche seines Gepäckträgers transportiert hatte, um den Hals und folgte dem Pfad.

Der Boden federte angenehm unter seinen Füßen und wurde feucht und weich, als er an einer Pflanzung von kleinen Tännchen entlang ging. In ihrem Schatten war es merklich kühl und Finsternis lag unter den eng stehenden, armdicken

Stämmchen. Die dichte, duftende Nadelstreu ließ kein Kraut aufkommen. Nur ein paar Buschwindröschen ließen ihre verblühten Köpfe hängen. Doch dann folgten wieder auf beiden Seiten des Pfades sonnendurchflutetes Buschwerk, Farnwedel und Kuckucksblumen, die zum Blühen ansetzten. Ein Schmetterling schaukelte Pawel voran, der nun eine kreisrunde Lichtung im Wald erreichte. Baumstümpfe zeigten, dass hier vor nicht all zu langer Zeit Holz geschlagen worden war. Nun standen hier aber schon wieder junge Bäumchen, ungefähr hüfthoch zwischen den Baumstrünken. Erdbeeren hatten den ganzen Boden überwuchert und bildeten einen weißgelben Blütenteppich. Pawel blieb stehen, wie von einem seltsamen Zauber angerührt. Und dann sah er sie.

Sie saß auf einem Baumstrunk inmitten der anderen Strünke, umrahmt von blühenden Stauden und Gras. Das glatte blonde Haar hatte sie im Nacken zusammengebunden. Sie trug blaue Jeans und ein weißes Shirt und hielt in der Hand ein winziges Sträußchen aus drei oder vier rosaroten Blumen. Und blickte ganz versunken nach nirgendwohin.

Pawel wagte nicht, sich zu bewegen, aus Angst, er könne sie erschrecken. Er betrachtete ihr Profil, die nicht zu kleine Nase, das schön geschwungene, runde Kinn, den Nacken, der einen demütigen Bogen zeichnete. Ein stiller, friedlicher Glanz schien um sie herum zu liegen und alles um sie in hypnotische Regungslosigkeit zu bannen.

Pawel stand minutenlang bis ihn die Beine schmerzten. Dann sah er sich ebenfalls nach einer Sitzgelegenheit um. Doch noch bevor er einen

Schritt zum nächsten Baumstrunk machen konnte, schreckte das regungslose Mädchen auf. Sie schaute zu Pawel, angstfrei, ohne Erstaunen. Mit langsamen, gemessenen Bewegungen, fast so, als ob sie ihre Glieder durch eine feste Masse ziehen müsste, stand sie auf und kam auf Pawel zu. Erst als sie ganz in der Nähe war, weiteten sich ihre Augen: „Du hast meine Tasche?" fragte sie. Und Pawel nickte, als ob es das Selbstverständlichste der Welt sei, als ob sie hier zur Übergabe seines Fundes verabredet gewesen wären.

Sie kam auf ihn zu, immer noch ganz beiläufig und ernst, aber jetzt voller Aufmerksamkeit und nun war es an Pawel, wie zur Salzsäule erstarrt, reglos und unbeholfen stehen zu bleiben. Er nahm ihren Geruch war, den Duft von starker Sonne auf Haar. Und schon langte sie nach dem roten Lackherz, das auf seiner Brust baumelte. Durch sein dünnes Hemd fühlte sich die Berührung ihrer Fingerspitzen wie Eis und Feuer an. In einer impulsiven Bewegung wollte Pawel ihr zu Hilfe kommen. Doch statt dass er nach dem Riemen der kleinen Tasche griff, erfasste er die Hände des Mädchens. Das war ungewollt und eben so ungewollt hielt er sie einen Moment gefangen. Ein seltsamer Blick traf ihn, der durch seinen Körper hindurch fuhr. Dann war er die Tasche los und das Mädchen trat zwei Schritte zurück.

„Jetzt bin ich aber wirklich erleichtert", meinte sie. „Wo hast Du sie gefunden?" Sie sprach mit einem starken Akzent, den er nicht einordnen konnte.

Pawel erzählte es ihr. Er sagte, dass er telefoniert

habe und sie in die alte Kartause zurückbringen wollte, als niemand antwortete. Er fühlte sich nun plötzlich schuldig, denn er war ja gar nicht in der Kartause, sondern im Wald, und sie hätte vermuten können, dass er die Tasche unterschlagen wollte. Aber sie schien sich nichts zu denken.

Plötzlich blickte sie auf die Uhr, schreckte auf und sagte: „Mein Gott, ich muss sofort zurück. Tausend Dank auch, kann ich Dir etwas dafür geben?" Und als Pawel heftig abwehrte: „Komm mal in die Kartause, dann spendiere ich Dir einen Drink. Heute geht es leider nicht. Ruf besser vorher an, verlang einfach nach Qi. Tschüss." Und schon war sie im Wald verschwunden. Pawel sah ihr nach. Dann setzte er sich. Er hatte das Gefühl, dass ihn seine Beine nicht länger tragen würden.

3

Schwester Christina ging emsigen Schrittes auf dem knirschenden Kiesweg zur Kirche. Sie achtete nicht auf die Pfingstrosenstauden, die üppig den Rand des Weges säumten. Dabei war die alte Kartause berühmt für ihre Sammlung von alten Päonienstöcken der seltensten Sorten, die im Juni in allen Farbschattierungen von weiß bis dunkelrot aufblühten. An diesem Tag aber standen sie erst im Laub, manche fein gefiedert wie Schilfgras, andere mit behäbigen, gerundeten Blättern. Die Knospen bildeten harte, grüne Bällchen, jedenfalls bei den meisten Stauden. Einige der Kugeln zeigten aber bereits dunkelrote Flecke: Bei einer Sorte waren diese fest und gedellt wie Brustnippel, während eine andere Art bereits die halbkugeligen Deckblätter der fetten, großen Knospen spreizte und ein winziges Gekröse von ineinander gefältelten Blütenblättern zeigte, im zarten Rot einer weiblichen Scham.

Obwohl es bald zehn Jahre her war, seit sie das Kloster verlassen hatte, fühlte sie sich noch immer als Schwester Christina. Aber keiner nannte sie mehr so, außer der Mann, dem sie nun in einem Weidenkorb eine kleine Zwischenmahlzeit brachte: Ein dick mit Butter bestrichenes und mit Schinken gefülltes Brötchen, ein Apfel und das Wichtigste, einen halben Liter Rotwein. Der Restaurator nannte sie immer, mit einem ironischen Blitzen in den Augen „Schwester" oder gar „geliebte Schwester". Und irgendwie hörte es sich immer noch erstaunlich richtig an.

Gedämpftes Licht und kühle Feuchtigkeit empfingen sie in der Kirche. Die wenigen schönen Maientage hatten noch nicht vermocht, den winterlichen Moderduft aus den alten Mauern zu vertreiben. Sie zögerte einen Moment als sich die Tür hinter ihr schloss, damit sich die Augen an das Dunkel gewöhnen konnten. Und beinahe hätte sie nach dem Weihwasserbecken gelangt, obwohl sie doch genau wusste, dass es leer war. Doch dann hatten sich ihre Augen adaptiert und sie schritt durch das Kirchenschiff nach vorne.

Der Restaurator war nirgends zu sehen. Seit Wochen arbeitete er am reich geschnitzten Chorgestühl, ein Teil davon lag zerlegt vor dem Altar und ein Scheinwerfer beleuchtete unbarmherzig das

Gewirr von Wurmlöchern, die das alte, kostbare Holz sprenkelten. Er hatte ja so recht gehabt, als er darauf beharrte, dass alles zerlegt werden müsse. Von außen gesehen war nämlich die Schädigung des Holzes nicht zu erkennen gewesen. Die kostbaren Schnitzereien wirkten unversehrt, geschützt von einem starken Firnis in dunklem Honigton. Doch hinter dieser Lackschicht war die Substanz beinahe weggefressen. Schwester Christina seufzte. Diese Renoviererei nahm kein Ende. Es war wie eine Fallmasche am Nylonstrumpf, es ging weiter und immer weiter. Und sie hetzte hinter dem Geld her um das alles möglich zu machen.

Als sie sich damals unerwartet als Alleinerbin eines großen Vermögens sah, war ihr klar, dass sie damit die alte Kartause sanieren wollte. Doch ihre Oberin und die Ordensleitung waren dagegen gewesen. Es gäbe Wichtigeres zu tun, wurde ihr bedeutet. Aber Schwester Christina fand nun einmal die alte Kartause wichtig. Sie lag abgeschieden in einem einsamen Wiesengrund, verwildert und verträumt und wurde von einem Bauern als Remise benutzt. Christina aber spürte den Zauber des Ortes. Wenn immer sie die halbzerfallene Kirche betrat, fühlte sie sich erhoben und berührt. Wenn sie dort im wurmzerfressenen Chorgestühl saß und auf den heruntergekommenen Altar blickte, spürte sie das in sich, was sie seinerzeit ins Kloster getrieben hatte, diese Ausweitung der Seele, diese Hoffnung auf Frieden. Dass dieser wunderschöne und heilige Ort so heruntergekommen war, entsetzte sie. Wie konnten sie die Heiligkeit des Tisches des Herrn loben und in hier so zerfallen lassen? Sie verstand ihre Oberin und deren Vorgesetzte nicht. Sie wollte mit deren Politik nichts zu schaffen haben.

Mit einer Mischung aus wilder Entschlossenheit und demütiger Frömmigkeit beschloss sie, als Zeichen ihrer Hingabe an das Höchste, diese Kirche zu retten. Sie löste damit aber nur ein Welle von Streitereien und Intrigen aus. Man erinnerte sie an den gelobten Gehorsam. Da zog sie die Konsequenz und damit den Schleier aus. Nach Jahren der Unselbständigkeit handelte sie plötzlich auf eigene Faust. Gott würde ihr beistehen, schließlich war sie ihm nach wie vor durch ihr Versprechen verbunden. Denn dass ihr Austritt ihr Gelübde nicht lösen würde, war ihr selbstverständlich. Aber auch ihr hartnäckiger Charakter und ihr unbeugsamer Wille kamen ihr zugute: Die Verkaufsverhandlungen waren nämlich hart. Denn als der Bauer, dem das alte Gemäuer gehörte, ihr Interesse witterte, verlangte er einen geradezu unverschämten Preis für die Ruinen. Sie feilschte und pokerte, bis sie den Handel zu einem vernünftigen Preis abschließen konnte.

Danach fielen die Behörden über sie her. Kaum hatte sich nämlich herumgesprochen, dass sie die Kirche renovieren wollte, mischte sich das Kulturministerium, das sich bisher nicht um den Zerfall gekümmert hatte, ein und wollte mitreden und machte Auflagen. Doch immerhin beteiligte das Land sich dann auch mit einem beträchtlichen Betrag an der teuren Erneuerung des Dachstocks. Damit war zumindest die Kirche gerettet. Aber auch die noch vorhandenen Klostergebäude erhielten nach und nach eine neue Bedachung, und im Laufe der Jahre wurden immer mehr der schönen, alten Räume in Ordnung gebracht und dienten inzwischen als renommiertes – oder man könnte auch sagen – berüchtigtes Gasthaus.

„Heinrich", rief die Schwester, und ihre Stimme dröhnte in der leeren Kirche, „Heinrich, wo steckst Du?" Sie war ein klein wenig ärgerlich, denn erstens war sie in Eile und zweitens verdächtigte sie ihn, es sich in einer Ecke bequem gemacht zu haben um sich vor der Arbeit zu drücken. Denn Heinrich war nicht nur ein großartiger Künstler, sondern auch ein Galgenvogel. Seine Kunst hatte ihm zwölf Jahre hinter Gittern eingebracht, weil er sich in eine Falschgeldaffäre hatte verwickeln lassen, in der die Hehler einen Polizisten zu Tode brachten. Er hatte seine Zeit brav abgesessen und sich danach in den Schutz der Schwester begeben, weil er sich selber nicht mehr so richtig zutraute, sein Leben eigenständig in Form zu bringen, meinte sie. In Wirklichkeit aber war es die interessante Renovationsaufgabe, die ihn in der Kartause hielt.

Heinrichs Stimme drang nun aus der Krypta herauf und sie tönte beschwörend und rau, mehr als man es durch die Tunnelwirkung der Mauern erwarten konnte.

„Komm runter Schwester, ich beschwöre Dich, komm runter."

Christina setzte den Weidenkorb resolut auf den Boden und ging zur kleinen Treppe, die schneckenförmig nach unten führte. Es gab nur spärliches Licht aber trotzdem sah die Schwester, dass

Heinrichs Augen seltsam glühten. Seine Stimme war belegt, fast heiser.

„Ich habe einen Schatz gefunden", sagte er. „Komm schau Dir das an."

Er zog sie in die Nebenkammer, in der noch immer ein fürchterliches Durcheinander von altem Gerümpel herrschte.

„Schau Dir dieses Wunder an", flüsterte er und zündete eine starke Taschenlampe an.

Der Lichtkegel fiel auf ein etwa armlanges Gemälde. Es war eine Pietà, die seltsamste, die Schwester Christina je gesehen hatte. Denn der Leichnam des Jesus lag im Halbkreis, gespannt wie ein Brückenbogen, auf den Knien einer jugendlichen Madonna, die ein unwiderstehliches Giocondalächeln lächelte. Und aus den Wunden des Herrn sprossen Gras, Löwenzahn, Veronika und andere Kräuter, indem sie den Leichnam als nährende Erde benutzten. Auch das Gras zu Füßen der heiligen Mutter blühte in allen Farben und zwischen den Pflanzen tummelten sich fröhliche Spatzen und verspieltes anderes Getier und über dem Ganzen lag eine unglaubliche Heiterkeit, die im Gegensatz zum Ernst und zur Trauer stand, die die Situation eigentlich erfordert hätte. Die Farben waren hell und frisch, als ob sie dem Maientag draußen gestohlen und erst gestern aufgetragen worden wären.

Christina und Heinrich standen ohne Bewegung in stummer Bewunderung. Der Firnis glänzte und schimmerte in sanftem Licht. Schließlich riss sich der Renovator zusammen und murmelte:

„Es stand da hinter dieser Zwischenwand."

Er fühlte sich blöd dabei wie ein Kind. Und auch die tüchtige Schwester stand ratlos vor diesem Geschenk des Zufalls. „Irgendwie passt es", sagte sie vage und ohne zu wissen, wozu. Dann fügte sie trocken hinzu: „Komm, iss Dein Brot." Aber selbstverständlich fühlte sie, dass das alles sehr viel bedeutete und vieles verändern würde. Doch noch ahnte sie nicht, in welche Richtung.

„Sag niemandem etwas davon", befahl sie plötzlich und wiederholte fast harsch: „Kein Wort davon, verstanden."

Und Heinrich nickte ergeben.

4

Warum verlangte Schwester Christina Geheimhaltung? Sie wusste es selbst nicht. Ihr Verbot war ein Reflex der Selbstverteidigung. Sie wollte kein Aufsehen, jetzt schon gar nicht. Und das Bild in seiner heidnischen Heiterkeit war ihr ohnehin verdächtig. Gedankenverloren schritt sie zwischen den Pfingstrosenstauden hindurch, und sie sah nicht, dass diese in der Maihitze schon wieder gewachsen waren, die runden Köpfe schon wieder ein bisschen weiter nach oben streckten. Im Moment lief alles glänzend, im Moment ging es ihr gut. Das wollte sie auf keinen Fall gefährden. Keine Presse jetzt, kein Aufruhr. Ihr Betrieb lebte von Diskretion.

Knappe zehn Jahre war es nun her, dass sie die alte Kartause erworben hatte. Nach etwa drei Jahren Bauzeit war zwar alles unter Dach und Fach, aber das Erbe hatte sich in Luft, beziehungsweise in Balken und Ziegel aufgelöst. Schwester Christina war bankrott. Dass man so schnell so viel Geld ausgeben könnte, hatte sie sich tatsächlich nicht träumen lassen. Nun, es war geschehen und sie stand relativ ruhig und gefasst vor dem Nichts. Aber irgendwie musste sie Abhilfe schaffen.

Sie beschloss, ein Wirtshaus zu eröffnen. Die unteren Stockwerke des Konventsgebäudes waren in relativ gutem Zustand und mit einem neuen Anstrich ohne weitere Umbauten zu gebrauchen. Das ehemalige Refektorium war geradezu glanzvoll. Dort waren ein prächtiges Parkett und eine kostbare Kassettendecke erhalten geblieben. Zusammen mit den gewölbten Fensternischen mit den Butzenscheiben wurde daraus ein stimmungsvoller Gastraum. Die ehemalige Küche war zwar verwahrlost, es gelang aber, darin das Nötigste wieder einigermaßen herzustellen. Mit ihrem letzten Geld erwarb sich Christina gebrauchtes Mobiliar und Geschirr.

Sich selber brachte Christina in der ehemaligen Bibliothek unter. Diese war zwar zerfallen und nicht mehr bewohnbar, aber es gab ein paar kleine, mehr oder weniger gut erhaltene Nebenräume, die noch zu gebrauchen waren. Ihre Wohnung war klein und karg, aber das gefiel ihr. Und die Fenster gingen auf den ehemaligen kleinen Kreuzgarten, in dem wilder Holunder blühte, auf die Seitenmauer der Kirche und auf die Rückfassade des Konventsgebäudes. So hatte sie ihren Besitz jederzeit im Auge.

Im großen Kreuzgarten auf der anderen Seite ihrer Wohnung pflanzte sie Kräuter, draußen im Klostergarten legte sie lange Beete mit Gemüse an. So startete sie.

Zwei, drei Jahre überlebte sie knapp, pflanzte, kochte, bediente, rannte und rechnete. Sie vergaß die Kirche und ihr Gelübde und kämpfte einfach nur für den Fortbestand ihres Werks. Dann endlich begann das Geschäft anzuziehen. Die bäurischen Gerichte von einfacher aber frischester Qualität fanden ihre Liebhaber. Plötzlich war ihre Kräuterküche berühmt und die Gäste strömten herbei. Sie konnte Hilfen einstellen. Nun trugen junge Mädchen die Platten und Teller auf. Christina suchte sie sorgfältig aus, denn sie wünschte eine frische und freundliche, herzliche Atmosphäre in ihrem Haus.

Die Anregung, teurer zu werden und den Betrieb weiter auszubauen, kam von den Gästen. Ein bekannter Unternehmer machte ihr klar, dass ihr Lokal für Meetings und Geschäftsessen ideal geeignet wäre. Und er bot ihr Geld, um die oberen, vom Regen stark mitgenommenen Räume zu restaurieren. Tatsächlich gab es dort ein paar sehr schöne Zimmer und Säle, deren kostbare Wandgemälde die Zeiten relativ unbeschädigt überstanden hatten. Sie schienen als Bankett- und Sitzungszimmer geeignet. Und gleichzeitig ergäbe sich die Möglichkeit, auf der Rückseite, zum Kräutergarten hin, ein paar kleine Zimmer für das Personal einzubauen.

Schwester Christina stürzte sich mit Genuss in die neuerlichen Bauarbeiten. In all den Jahren hatte sie sich nämlich zur Expertin entwickelt. Keiner der amtlichen Restauratoren, denn natürlich mischte sich auch diesmal das Kulturministerium wieder ein, konnte ihr das Wasser reichen, wenn es darum ging, die beste und schonendste Lösung zur Erhaltung der alten Gemälde und Kachelöfen zu finden. Mit sicherem Instinkt und unbeirrbarer Unnachgiebigkeit wehrte sie sich wenn nötig gegen die Meinung der Fachleute. Und am Schluss gaben ihr alle Recht. Die Räume waren die reinsten Schmuckstücke von seltenstem Geschmack geworden. Prominente Firmen tagten mit Vorliebe in der alten Kartause. Und was es kostete, spielte keine Rolle. Der Umsatz von Christinas Geschäft stieg kometenhaft an. Die Küche konnte nach modernsten Anforderungen ausgebaut werden. Ein Küchenchef mit vier Kommis regierten darin und zelebrierten, was sie Klosterküche nannten: Häppchen vom Feinsten mit Kräutern und frischem Gemüse, das weiter unter der unerbittlichen Aufsicht von Schwester Christina herangezogen wurde.

Es war der gleiche Geschäftsmann, der Christina eines Tages vorschlug, nun auch noch die Reste des Kreuzgangs mit den Klausen zu renovieren. Es wäre patent, meinte er, wenn man in der Kartause übernachten könnte, falls man gut gegessen und ein bisschen zu tief ins Glas geschaut hätte. Auch diesmal offerierte er einen Kredit, aber Schwester Christina hatte nun bereits genügend selbst erwirtschaftete Mittel, um bei der Bank die nötigen Gelder locker zu machen.

Kartausen sind immer nach dem gleichen architektonischen Muster gebaut. Neben der Kirche und den Klostergebäuden gibt es einen oder mehrere Kreuzgänge, an den die Klausen, in der Regel zwischen zwölf und zwanzig, als kleine Häuslein angebaut sind. Jedes hat ein mit hohen Mauern umgebenes Gärtchen und eine Sonnenuhr an der Fassade, die an das Verrinnen der Zeit und des Lebens erinnert. In diesen abgeschlossenen Revieren lebten die Kartäuser in selbst gewählter Isolation um zu meditieren und zu beten. Sie waren kollektive Einsiedler, Priestermönche, die sich nur für die häufigen Gottesdienste in der Kirche und einmal in der Woche zum gemeinsamen Spaziergang und Essen trafen. Sonst hausten sie in der Stille, hielten Zwiesprache mit Gott, kopierten Bücher, pflegten ihr Gärtchen und ihr Handwerk und waren davon überzeugt, damit der Welt, den Menschen und der Kirche zu dienen. Wobei sie ihrerseits von den Laienbrüdern bedient wurden, die die Wirtschaft, meistens ansehnliche Bauerngüter, besorgten.

Christinas Kartause war nach dem bekannten Muster gebaut, lag aber größtenteils in Ruinen. Nur die Kirche, das Hauptgebäude, ein paar wenige Nebengebäude und ein Teil des Süd- und Ostgangs des Kreuzgangs mit sieben angebauten Klausen standen noch. Der Rest, Sakristei und Bibliothek, aber auch die Ökonomiegebäude, einst behäbige Häuser, Scheunen und Stallungen des ehemaligen Gutsbetriebes, und die alte Umfriedung waren jetzt romantische, von Waldreben überwucherte Mauern, an denen zum Teil die eingestürzten Dächer wie vertrocknete Häute hingen. Christina weigerte sich, diese Zeugen von Pracht und Zerfall zu beseitigen. Erstens wollte sie die in der Wildnis nistenden Vögel nicht vertreiben und zweitens liebte sie, wie einst die Kartäuser, dieses Mahnmal an die Vergänglichkeit. Sie hatte kleine Wege zwischen den Ruinen angelegt und die interessantesten Ecken mit sanften Scheinwerfern ausgestattet, so dass die Gäste nach einem reichlichen Essen gerne durch diesen seltsamen Garten spazierten.

Von den sieben noch erhaltenen Klausen waren die meisten in einem ziemlich schlimmen Zustand. Doch Christina machte sich mit Lust und Sachverstand an die Erneuerung der Zellen. Geschmackvolle kleine Apartments entstanden, mit alten Möbeln, die sie im Jahrhundertgerümpel des Klosters gefunden und restauriert hatte. Wasserrohre und elektrische Leitungen wurden verlegt, luxuriöse Badezimmer mit Spiegelwänden und Whirlpools in die alten Mauern eingebaut. Und in den kleinen, geheimen Gärten beleuchteten Lichter diskret seltene Kräuter und Wildblumen.

Das Hotel war augenblicklich ein Riesenerfolg, obwohl es keineswegs billig war.

Hochzeiten wurden hier abgehalten. Liebespaare verbrachten romantische oder verbotene Nächte, und manch ein Wirtschaftskapitän verschwand diskret mit seiner Sekretärin zwischen den Mauern der köstlichen Einsiedelei. Christina runzelte zuerst die Stirn, zuckte dann aber mit den Schultern und dachte, dies sei nicht ihr Problem. Doch sie empfand ernsthafte Gewissensbisse, als sie merkte, dass auch ihre hübschen jungen Mädchen gelegentlich und immer häufiger in den Klausen verschwanden. Ja, es zeigte sich, dass die jungen

Mädchen immer mehr zur Attraktion des Hauses beitrugen. Doch Christina ließ es geschehen, denn die Kartause florierte. Und die Spenden für die Renovation der Kirche flossen wie nie zuvor.

5

Pawel wartete auf Qi. Sie hatte ihn auf drei Uhr bestellt, aber nun ging es schon gegen vier und sie ließ sich nirgends blicken. Schwester Christina, ehrfurchtgebietend im teuren Schneiderkostüm und in kühl-tüchtiger Chefinnen-Ausstrahlung, hatte dem jungen Mann gleich gesagt, dass es sich wahrscheinlich nicht zu warten lohne. Aber Pawel ließ sich nicht abwimmeln.

Er hatte zuerst in der Gaststube Kaffee getrunken und interessiert die geschnitzte Decke und das wunderschöne, alte Parkett bewundert: gelbes, glänzendes Eichenholz mit einem kunstvollen, dunkel gebeizten Einlagemuster. Auf einem der Tische stand ein riesiger Strauß, eine Mischung aus heimischen Waldpflanzen und teuren Exotenblüten. Ein paar violett gescheckte Lilien verströmten ihren betörenden Duft, was den seltsamen Zauber dieses Bouquets noch verstärkte.

Nachdem er eine halbe Stunde geduldig abgesessen hatte, ging Pawel nach draußen. Er schritt die berühmten, romantischen Ruinenwege ab. Die Rosenbüsche, mit denen Schwester Christina raffinierte Akzente in die Wildnis gesetzt hatte, zeigten dicke Knospen, die manchmal schon kleine Farbspalten aufblitzen ließen. Flieder und wilde Iris blühten reich und setzten Farbtupfer in die verschiedenen Grüntöne. Der Löwenzahn war bereits verblüht und zeigte seine luftigen Samenkugeln, während Wiesensalbei und Margeriten eben ihre Blüten öffneten. Doch Pawel freute sich nicht über all diese Pracht. Er hatte dem Wiedersehen mit Qi entgegengefiebert, zwei Wochen lang, und mochte sich nicht damit abfinden, dass es nicht stattfinden sollte. Seit er dieses Mädchen im Wald gesehen hatte, trieb ihn eine ungewohnte Unruhe um.

Er hatte sich zur Ablenkung in die Arbeit gestürzt. Hatte immer wieder seinen Plan umgezeichnet, versucht, das Unmögliche möglich zu machen. Aber es gab nun einmal nur eine bestimmte Anzahl von Möglichkeiten, fünf Räume anzuordnen, und Pawel fand keine weitere, genialische Lösung, obwohl er so verzweifelt danach suchte. Aber immerhin ließ sein Kampf um den idealen Grundriss die Zeit verstreichen.

Er hatte eine Woche vergehen lassen, bis er sich telefonisch in der alten Kartause meldete. Er wurde ohne Schwierigkeiten mit Qi verbunden. Sie war freundlich und schien sich über seinen Anruf zu freuen. Sie vereinbarten ein Treffen für diesen Nachmittag, drei Uhr. Und nun ließ sie ihn einfach sitzen.

Pawel setzte sich auf eine Treppe zwischen den zerfallenen Mauern. Von hier hatte er einen guten Ausblick auf das Hauptgebäude mit dem Restaurant. Er verkürzte sich sein Warten, indem er seine Umgebung besah, die abgetretenen Sandsteinstufen, die Frostschäden, die den kompakten Stein zuoberst in Schiefer verwandelt hatten, die zarten Farbschattierungen von grau zu beige zu rosa, die aus den matten Steinsplittern schimmerten. Dann zog eine Weinbergschnecke seine Aufmerksamkeit auf sich. Sie schien gerade aus einer Art von Schlaf erwacht zu sein und kräuselte für eine Weile die zarten Säume ihres Körpers, als ob sie dessen Abmessungen erforschen wollte. Dann bewegte sich ihr cremeweiß flockig gesprenkelter Körper in langsamen, lustvollen Wellen ein paar Handbreit voran. Plötzlich zog sie sich zu einer amorphen Masse zusammen und hob ganz langsam aus dieser heraus ein rundes Köpfchen, das wie das eines gelockten Lämmchens aussah. Mit einem sorgfältigen Spiel ihrer Fühler tastete sie die Umgebung ab, suchte die Zwischenräume zwischen den Steinchen ab und wälzte sich schließlich wieder vorwärts, auf ein losgerissenes Blatt zu, das wenige Zentimeter von ihr entfernt lag. Ihr Körper verlängerte sich und zeigte seine gewohnte Schneckenform. Sie schob sich auf das Blatt. Leise Knuspergeräusche und Knacklaute waren zu hören, als sie sich im Grün festbiss, indem sie das runde Köpfchen in einen klaffenden Spalt teilte und ihr weiches Fleisch über das Blatt zog. Pawel beobachtete fasziniert, wie die Schnecke im Rhythmus des Fressens ihre Fühler einzog und ausfuhr, wie sie konzentriert und ohne Unterbruch ihre Mahlzeit hielt, bis das Blatt fast ganz verschwunden war. Dann verlängerte sie sich wieder zur Schneckenform und verkroch sich, sozusagen zügig, unter die Blätter des Efeus. Pawel erschrak fast, als er sich plötzlich bewusst wurde, dass er, der angehende Architekt, keine Ahnung hatte, wie Schnecken ihre Häuser bauen. Schieden sie Schicht um Schicht eine Masse aus, die danach hart wurde? Oder zogen sie in die verlassenen Häuser von Vorgängern? Doch wie waren diese entstanden? Eine Frage, um die er sich kümmern wollte, die er aber über den kommenden Ereignissen schnell wieder vergaß.

Schwester Christina sah von ihrem Pult aus die Stelle, wo Pawel seinen Gedanken nachhing. Der junge Mann, der so wenig in die alte Kartause passte, beunruhigte sie. Sie war sich ihrer seltsamen Rolle bewusst und fühlte sich nicht wohl darin. Nach ihrer Ansicht konnte der Zweck niemals die Mittel heiligen, und so lieb ihr die reichlichen Spenden für die Kirchenrenovation waren, so unheimlich waren ihr die Umstände, die den Geldfluss auslösten. Immerhin, sie hatte nichts gefördert und nichts arrangiert. Die Mädchen waren aus eigenem Antrieb oder durch die Verlockung der reichen Herren ins Geschäft mit der Liebe eingestiegen. Christinas Sünde, falls es denn Sünde war, bestand darin, dass sie es zuließ, dass sie es duldete. Aber es musste zu ihren Bedingungen geschehen.

Darum beobachtete sie das Treiben mit gestrengem Blick und kämpfte wenigstens in den Details um außerordentliche Sauberkeit. Sie ließ nichts Anrüchiges sichtbar werden, ihr Gasthaus war so luftig und klar und ordentlich anzusehen wie ein Kloster, das sich der Armut und der Arbeit verschrieben hatte. Ihre Mädchen sahen noch immer aus wie Klosterschülerinnen, hielten die Augen gesenkt, trugen lange schmale Röcke und züchtige, weiße Blusen. Sie waren kaum geschminkt und nur ganz zart parfümiert. Und so bald sich bei einer Müdigkeit und Ringe unter den Augen zeigten, wurde sie in Zwangsurlaub zur Erholung geschickt. Es gab keine frechen Blicke, keine Anzüglichkeiten und schrille Lacher im Restaurant. Alles hatte den Anschein von gesundem Landleben und frischer Unschuld. Und gerade das war es, was die alten Sünder anzog wie verrottetes Fleisch die Schmeißfliegen.

Christina machte sich keine Illusionen. Obwohl sie nichts von körperlicher Liebe wusste, so war ihr doch klar, dass käufliche Liebe schädlich sein musste. Und sie beobachtete mit Sorge den leicht zynischen Zug, der sich nach einiger Zeit um die Mundwinkel der Mädchen legte und ihren Blick umschattete. Nur Qi bildete eine Ausnahme: Qi blieb frisch und strahlend wie am ersten Tag. Sie bewegte sich durch die Geschehnisse, als ob nichts sie berühren würde. Und entsprechend konnte sie auch nichts beflecken.

Im Moment lief alles gut, aber Christina wusste, dass es so nicht für immer weitergehen konnte. Sie war zu lange im Kloster gewesen um sich nicht schuldig zu fühlen. Sie war zu lange gläubig gewesen um nicht die Rache der höheren Mächte zu fürchten. Irgend einmal würde die Eiterbeule, die sie so sorgsam bedeckt hielt, platzen. Irgend einmal würde irgend etwas hereinbrechen. Das wusste sie bestimmt. Und vielleicht war dieser junge Mann da draußen das erste Anzeichen dafür.

Pawel blickte auf seine Uhr. Inzwischen war halb

fünf vorbei. Und endlich sah er sie. Sie kam lachend zur Tür heraus und begleitete einen nicht unsympathischen Mann von ungefähr fünfzig Jahren zu seinem Mercedes. Auf dem Parkplatz küsste sie ihn auf die Wange und winkte ihm freundlich zum Abschied. Dann drehte sie sich um und sah Pawel.

Sie kam strahlend auf ihn zu und schien kein bisschen schuldbewusst.

„Du hast gewartet", stellte sie leichthin fest, als ob es das natürlichste der Welt wäre, „zu dumm, ich habe nur eine halbe Stunde Zeit. Komm, wir gehen hinein und trinken etwas."

Pawel folgte ihr, stumm und folgsam wie ein Hündchen. Falls er vorher Zorn verspürt hatte, so war dieser jetzt verraucht. Eigentlich war im Moment nichts in ihm als blöde Verblüffung darüber, dass sie so selbstverständlich mit seiner Großmut rechnete, dass sie nicht das Gefühl hatte, sich entschuldigen zu müssen, dass sie so tat, wie wenn all dies das Selbstverständlichste der Welt wäre.

Auch in der Gaststube blieb Pawel stumm wie ein Fisch. Es fiel ihm einfach nichts zu sagen ein. Sie saßen sich still gegenüber und ließen die Eiswürfel in den Gläsern kreisen um die Verlegenheit zu überspielen. Und schon bald sagte Qi, dass sie gehen müsse. Das riss Pawel aus seiner Starre und er brachte es fertig, wenigstens zu fragen, ob er sie wiedersehen könne. Sie stimmte zu und sagte: „Übermorgen bin ich um vier bei der Bank, wo Du meine Tasche gefunden hast. Und diesmal ist es für sicher."

Dabei warf sie ihm einen halb belustigten, halb

spöttischen Blick zu und verschwand in der Tür neben der Anrichte.

Er bewunderte ihren Gang, der wie Schweben aussah. Der Klang ihrer Stimme mit dem harten Akzent hing ihm noch im Ohr. Auch der Eindruck von ihrem langen, blonden Haar wirkte noch nach. Aber er wusste nicht einmal, was sie getragen hatte. Er bezahlte die Drinks, obwohl sie doch damals versprochen hatte, dass sie ihn einladen würde. Anscheinend hatte sie es vergessen.

6

Als er die Stelle betrat, wo einst das große, geschnitzte Klostertor gestanden hatte, wachte sie auf. Siebenhundert Jahre lang hatte sie alles vergessen gehabt, nichts gespürt, nichts gewusst, nichts gewollt. Und nun war plötzlich alles wieder da, ihr Wissen, ihr Wollen, ihre Gier.

Was war es, das sie aus ihrem Nichtsein zurückgeholt hatte? War es sein Geruch? Doch wie konnte sie ihn riechen, nachdem sie keine Nase mehr hatte. Und überhaupt, er war nicht mehr derselbe. Damals war er ein gedrungener, dunkelhaariger Pferdeknecht gewesen, der ihr einmal, ein einziges Mal, damals als sie ins Kloster eintrat, einen ungehörigen, spöttischen Blick zugeworfen hatte. Aber sie konnte weder den Mann noch den Blick jemals wieder vergessen, auch wenn der Bursche danach nie mehr die Möglichkeit hatte, nach ihr herzusehen. Doch sie, sie suchte ihn, obwohl es doch kaum eine Gelegenheit gab. Allerdings, an der äußeren Klostermauer wurde damals gebaut und weil die Novizinnen trotzdem zur Gartenarbeit abgeordnet wurden, gelang es ihr gelegentlich einen Blick auf ihn zu werfen, auf diesen dunklen Mann, der sie in Bann hielt, sie quälte, sich ihr aufdrängte. Am Anfang hatte sie ihre Anfechtungen gebeichtet, doch bald hielt sie etwas davon ab. Sie wollte dieses Geheimnis für sich haben, nicht nur, weil sie sich schämte. Sie hätte es zwar niemals zugegeben, aber eigentlich liebte sie die Qual, die er ihr bereitete. Wie er breitbeinig über den Hof schritt, wie er die breiten Hintern der Pferde unverschämt klopfte, wenn sie am Brunnen tranken! Seine Hände waren Pranken, seine Arme Pfosten. Ach, wie sehnte sie sich danach, sie von Nahem zu sehen, sie betrachten zu können oder von ihnen geschlagen zu werden, während sie sich peitschte und peitschte und peitschte. Sie betete um Erlösung und fürchtete doch nichts so sehr wie diese. Und wieder und wieder schlich sie unter Vorwänden in den Garten, wo eine Ritze in der notdürftig errichteten Bretterwand ihr Sicht auf die Pferdetränke bot. Mit klopfendem Herzen hörte sie auf die Stimmen der lachenden oder fluchenden Knechte und versuchte zu erraten, welche der groben Laute aus seinem mächtigen Hals kamen. Ach, wie oft hatte sie seine Stimme gehört, in den Träumen, wenn er ihr zuflüsterte, wenn er sie streichelte, wenn er Dinge trieb, die sie nach dem Erwachen nicht einmal mehr zu denken wagte, von denen sie nur wusste, dass sie gewaltig waren. Dass sie sie wegschwemmten, wie eine Riesenwoge, die eine Insel verschluckt. Sie beichtete die Unruhe ihres Körpers ohne den Anlass zu nennen und genoss es, danach stundenlang die verordneten Straf- und Vergebungsgebete zu sprechen. Inbrünstig rezitierte sie Psalmen und Verse, endlos, bis das Feuer aus dem Körper in ihre Knie hinunter sank, die auf der harten Bank zu brennen anfingen, Feuer, Feuer, fast so versengend, fast so verschluckend wie die große Woge in der Nacht.

Sie wusste, dass sie eine Unselige war, dass sie sich unrettbar verloren hatte an dieses Dunkle, an diesen Blick, an diese Macht, die da draußen über den Hof ging und in rauen Tönen lachte. Wie oft saß sie vor ihrer Klause, starrte gegen die Mauer und horchte hinüber in den Wald, wo Bäume geschlagen und gefahren wurden. Und immer suchte sie nach der Stimme, die zum Blick gehörte. Und tatsächlich, wenn der Wind von Osten her wehte, konnte sie manchmal das Rufen der Männer hören. Und sie stellte sich ihre Körper vor, die sich dampfend in der Kälte bewegten.

Sie war mit vierzehn ins Kloster gekommen und sie hatte sich nie gefragt, ob sie es gewollt hatte oder nicht. Sie war dafür bestimmt worden und jedes Ding musste seiner Bestimmung folgen, das hatte sie schon früh gelernt. Zudem galten die Kartäuserinnen als besonders heilig, darum schmeichelte es ihrem Stolz, dass die Familie sie dafür bestimmte. Selbstverständlich, gutgläubig und mit Inbrunst hatte sie dann den Schwur geschworen und den Eid geleistet. Und sie hatte es nie bereut, denn was hätte sie schon anderes tun können. Doch nun fiel ihr das Eingeschlossensein doch schwer. Sie bemühte sich so sehr, den Regeln zu genügen, sie vertiefte sich so sehr in fromme Betrachtungen, aber immer wieder fand die Unruhe sie und trieb sie zu rastlosen Gängen in ihrem Gärtchen, hin und her, wie ein Tiger im Käfig, hin und her. Bis ihr das Knien oder die Peitsche etwas Erleichterung verschaffte.

Wie gut war ihr, als das Fieber endlich den Körper erfasste und sie zu schwächen begann. Wie genoss sie die besänftigende Mattigkeit. Wie friedlich legte sie sich der Krankheit in die Arme.

Wie sie sich in ihren Träumen der großen Woge übergeben hatte, so übergab sie sich nun der Müdigkeit. Und während ihre Wangen glühten, fand das Herz endlich die

ersehnte kühle Reglosigkeit und schließlich die erinnerungs-
lose Kälte.

Sie war keine neunzehn, als sie starb. In ihre weiße Kutte
gewickelt, legte man sie in die Erde. Sie hinterließ nicht
einmal eine Verfärbung im Boden. Sie war nichts geworden,
ihre Klause ein paar Steine im Gras, ihr Grab der Ort
eines verwucherten Holunders. Bis zu diesem Moment, bis
er über die Schwelle trat und etwas sie weckte. War es sein
Geruch? War es das Spiel seiner Muskeln unter den leichten Kleidern? War es dieses Dunkle, das aus seiner noch
kaum gelebten Geschlechtlichkeit aufstieg? Und da waren
sie wieder, die Wünsche und diese Gier.

Und sie folgte mit nicht existierenden Augen dem jungen
Mann, der mit flatterndem Herzen auf das Gasthaus zuging. Sie betrachtete seinen schmalen Rücken und das hellbraune, leicht gewellte Haar. Er war nicht der gleiche wie
früher, aber er war es doch. Und diesmal würde sie heraus-
finden, was dieser dunkle Blick von damals bedeutet hatte.
Diesmal gab es keine Mauern für sie, keinen Körper,
nichts, was sie hinderte, ihm nahezukommen.

Und so heftete sie sich an seine Fersen.

7

Diesmal war sie pünktlich. Er sah sie schon von
weitem an der Bushaltestelle sitzen. Sie trug einen
weiten, geblümten Rock und wiederum ein weißes,
schmuckloses Shirt. Das Haar hatte sie in einem
Zopf hochgesteckt. Erst jetzt fiel ihm auf, dass
ihre hellen Augen leicht schräg gestellt waren. Als
er auf sie zuging, fühlte er sich hilf- und sprachlos.
Dabei hatte er die letzten zwei Tage im inneren

Dialog mit ihr verbracht, über ihr Betragen gejammert und gewütet. Was jeweils mit dem süßen Bild endete, wie er und sie sich, endlich versöhnt, in die Arme sinken. Doch jetzt, wo sie vor ihm war, heiter und unberührt, versagten ihm Worte und Gefühle.

„Hi", sagte er, „da bist Du ja."

Und auch sie sagte nichts Geistreicheres. Er setzte sich, in gebührlichem Abstand, neben sie. Stille, von der er wusste, dass er sie dringend überbrücken musste.

„Wollen wir ein paar Schritte in den Wald machen?

„Nein", sagte sie, „da komme ich gerade her. Ich habe Durst."

Ihr seltsamer Akzent nahm ihn erneut gefangen und eigentlich hätte er fragen wollen, woher sie käme, aber jetzt war er mit dem Problem ihres Durstes konfrontiert. Hier am Stadtrand gab es weit und breit kein Wirtshaus. Und sein Zimmer schien ihm etwas schäbig. Ganz abgesehen davon, dass seine Vermieterin Besuche nicht gern sah. Aber diese war glücklicherweise abwesend.

„Sollen wir zu mir gehen?" fragte Pawel mit wenig Überzeugungskraft.

Qi sagte umgehend ja.

Also zottelten sie auf den Wohnblock zu, ein riesiges Gebäude, von weitem gesehen ganz passabel, aus der Nähe gesehen, ein elender Slum mit verschmierten Briefkästen, zerstörten Hausglocken, kaputten Velos vor dem Hauseingang.

„Es ist nicht ganz so schick wie die Kartause", murmelte Pawel.

Es dauerte eine Weile, bis sie erwiderte: „Mach dir nichts draus, da, wo ich herkomme, sah es auch nicht besser aus."

Wieder fragte er nicht.

Immerhin, der Aufzug fuhr noch. Sie schien sich für die vorbeiziehenden Stockwerke zu interessieren, während Pawel erneut ihr Profil studierte. Es verriet Festigkeit und Kraft. Aber in der Haltung des Kopfes war doch etwas, das in Pawel den Beschützer weckte. Der Lift hielt mit einem Ruck.

„Achtung Schwelle", sagte Pawel.

Die fünfte Türe rechts in dem düsteren Korridor schloss er auf und führte sie in sein winziges Zimmer: ein Bett, ein Schrank, ein Tisch, ein Stuhl, ein Fenster. An den Wänden Zeichnungen und Grundrissentwürfe.

„Ich habe Wasser, Kaffee, Limonade und Bier" zählte er auf, „und Tee", denn die Vermieterin war ja weg und er konnte ihr problemlos etwas Tee stehlen.

Qi wünschte sich Wasser und eine Tasse Kaffee. Während er in der Küche hantierte, besah sie seine Sachen und die Aussicht aus dem Fenster: Felder und Wälder. Dann setzte sie sich aufs Bett, lehnte sich an die Wand und streckte die Beine aus. Pawel stutzte, als er sie so sah. Er balancierte das Tablett mit den Getränken auf den Tisch, reichte ihr Glas und Tasse und setzte sich selber auf den Stuhl, den er zu ihr hin drehte.

Sie besahen sich, stumm, wie zwei Tiere, die sich vorsichtig beäugen. Und obwohl in diesem Blick so viel Distanz lag, konnten sie ihn kaum mehr lösen. Beiden wurde seltsam zumute. Sehnsucht und Angst lagen im Raum. Dann drehte sich Pawel ab und fingerte an seinem Radio herum um Musik zu machen.

„Woher kommst Du?" fragte Qi.

Pawel nannte irgend ein Dorf, das sie nicht kannte und auch nicht kennen wollte. Und auch Pawel wollte nichts mehr davon wissen, seit er der Enge entronnen war. Er erzählte ihr, wie er geflohen war, wie er dafür kämpfen musste, an der Hochschule aufgenommen zu werden, wie er sich nun durchbrachte mit Sparsamkeit und Gelegenheitsarbeiten, wobei sein wichtigster Arbeitgeber ein Reitstallbesitzer war, der draußen vor der Stadt die Pferde der reichen Leute betreute und Burschen brauchte, welche die Ställe reinigten und die Tiere bewegten.

Zum ersten Mal blitzte so etwas wie Bewunderung in Qis Augen auf. Sie saß noch immer entspannt an die Wand gelehnt, hörte zwar aufmerksam zu, schien aber gleichzeitig auf eine seltsame Art abwesend zu sein. Sie senkte ihren Kopf, nippte an ihrem Kaffee und als sie wieder aufsah, waren ihre Augen leer. Pawel wünschte sich nichts mehr als die Distanz, die zwischen ihnen war, überbrücken zu können. Er sah sie an, befangen in seinem Wunsch, wieder blöde vor Unbeholfenheit, und aus der Leere, die plötzlich in ihm war, sagte er:

„Ich finde Dich wunderschön."

Seine Kühnheit verschlug ihm den Atem. Sie lächelte erfreut und zuckte mit den Schultern.

„Ach, weißt Du ...", sagte sie.

Aber er wusste nichts.

„Komm", sagte sie, seine Verlegenheit nicht länger ertragend, „komm her."

Sie öffnete ihre Arme. Und als er darin lag, fing sie an, sein Gesicht und seinen Hals mit kleinen, hingehauchten Küssen zu bedecken. Pawel wusste nicht, wie ihm geschah. Er hatte wenig Erfahrung mit Frauen und noch nie hatte es ihm eine so leicht gemacht. Etwas wie Traurigkeit erfasste ihn. Dieses ewig vermisste Gefühl gehalten zu werden, brachte ihn fast zum Weinen. Er nahm ihren nackten Arm und fing an, das Spiel der Lippen auf ihrer zart gebräunten Haut zu wiederholen, ganz bedächtig und mechanisch zuerst, doch dann ergriff ihn plötzlich ein Furor. Er warf sich auf die Knie und zog ihren Kopf an sich. Die Nadeln in ihrem Haarknoten stachen, als er sie nun im Nacken fasste und anfing, sie mit fast brutalen Küssen zu traktieren. Sie erschauerte unter seiner Kraft und seinem Ungestüm, überließ sich aber willig, fast zu willig. Sie beantwortete seinen Druck, aber keines seiner Spiele, die er mit winzigen Bewegungen trieb. Wie im Halbschlaf lag sie schwer in seinen Armen. Dies steigerte seine Wildheit, die nun fast in Verzweiflung umschlug. Und so riss er ihr ohne Zärtlichkeit die Kleider herunter und nahm sie fast mit Gewalt. Nein, es war Gewalt. Es wäre Gewalt gewesen, wenn sie den leisesten Widerstand hätte erkennen lassen, wenn sie sich nicht so willig und sanft zur Verfügung gestellt hätte. Sie war ganz ergeben, öffnete sich und hielt still. Und er hasste sich, als er sich nun schnell und heftig in sie ergoss.

Sie beobachtete ihn mit übergroßen Augen.

Doch als er nach Antwort in ihrem Gesicht suchte, war es leer. Erst sehr viel später, als sie nach neuen Zärtlichkeiten lange Arm in Arm aneinander geschmiegt auf dem Bett gelegen hatten, fing sie an, laut und reglos zu weinen.

8

Wie hatte sie nicht gekämpft, auf ihrem Laubsack, in ihrem Kastenbett, in das kein Lichtstrahl eindrang. Da, im Dunkeln hatte sie sich berührt, ihre Brustwarzen mit den Fingernägeln traktiert. Sie hatte sich durch ihre Hemden hindurchgewühlt und sich zwischen den Beinen gerieben und gerieben, bis die Lust in Schmerz umschlug. Sie hatte gestöhnt und gebetet, die heilige Maria und den Teufel beschworen und schließlich ihren geschorenen Kopf an die Wände ihres Gefängnisses geworfen, bis sie endlich vor Erschöpfung einschlief. Und nie nie nie wurde ihr Erleichterung zuteil. Und das wieder erfüllte sie mit einer tiefen Freude und einem machtvollen Triumph. Denn sie wusste, sie war nicht des Teufels, solange sie litt, auch wenn er sie noch so sehr zu reiten schien.

Doch auch im Schlaf fand sie die Ruhe nicht. Seine mächtigen Hände senkten sich auf sie und in sie. Und sie bewirkten alles, was sie selber nicht bewirken konnte. Aber jetzt, jetzt schlug alles um in diese Woge, die sie davontrug. Und ihr Triumph im Traum war: Es war nicht der Teufel, es war dieser Mann.

Doch dann erwachte sie wieder und der Kampf ging von vorne los. Sie verkrallte sich in ihr Fleisch, sie arbeitete und knetete und rieb. Sie warf ihren Körper herum in inbrüns-

tigster Qual. Sie probierte alles aus, was ihr zur Verfügung stand. Und erntete immer nichts als Erschöpfung und trockenes Schluchzen.

Und sie wusste, sie war eine große Sünderin. Aber auch dieser Gedanke, statt sie zu erschrecken, erregte sie und trieb sie in eine neue Welle von hektischen Versuchen. Wie eine Verdurstende in der Wüste, so kroch sie auf die Fata Morgana des Brunnens zu, bis sie endlich die Kräfte verließen, bis sie einschlief, bis sie starb.

Doch die Jahre der Qual weigerten sich, mit ihr einzuschlafen und zu sterben.

9

Schwester Christina war Frühaufsteherin, das war ihr seit der Zeit im Kloster geblieben. Allerdings fiel es ihr zusehends schwerer, sich von der Leere ihres traumlosen Tiefschlafs zu lösen. Und so trottete sie auch an diesem Morgen mit verquollenen Augen halbblind in Richtung Badezimmer, wo sie sich mit etwas Wasser ins Gesicht und einer anschließenden Dusche arbeitstauglich zu machen hoffte. Denn sie schwor auf die frühen Stunden im Büro, wo sie, ungestört von Telefon und Fragen ihrer Mitarbeiter, alles Liegengebliebene aufarbeiten konnte. Ihre Wohnung war noch immer winzig: Ein kleines Schlafzimmer, ein Wohn-Büro-Raum mit einer Kochnische und dahinter ein kleines Bad. Sie war eben auf der Höhe des altmodischen Samtsofas angelangt, das sie hier in Erinnerung an ihre Großmutter stehen hatte, als etwas Ungewohntes sie zum Blinzeln brachte. Sie blieb stehen und starrte auf etwas, das keinesfalls hierher gehörte und darum ziemlich unwahrscheinlich schien, etwas, das wie eine Pfütze aussah. Sie staunte einen Moment und beschloss dann aber, sich zuerst einmal wie gewohnt im Bad aufzuwecken, bevor sie sich darum weiter kümmern wollte. Sie war keineswegs alarmiert, doch das Gefühl, dass dieser Tag nicht besonders gut beginne, fiel bleischwer auf sie.

Nach wenigen Minuten war sie von der Dusche zurück, machte aber noch einmal einen Bogen um die Pfütze, um zuerst einmal Teewasser aufzusetzen. Dann begutachtete sie die Bescherung.

Es war eine durchsichtige, geruchlose Flüssigkeit, stellte sie fest, und zwar so viel davon, dass es nicht anging, zu vermuten, dass es sich um das natürliche Geschäft eines eingedrungenen Tieres handeln konnte. Sie schaute um sich und nach oben, auf der Suche nach der Quelle dieser Flüssigkeit. Es hatte nicht geregnet in der Nacht. Ein Dachschaden kam entsprechend auch nicht in Frage. Es war ein Rätsel. Und es war eindeutig zu früh am Morgen um es zu lösen. Sie ging entschlossen zum Putzschrank, holte Eimer und Lappen und fing an, die Flüssigkeit aufzunehmen. Das ging eine Weile ganz gut, doch als sie die Pfütze etwa zu zwei Dritteln weggeputzt hatte, kam es ihr vor, als ob ihre Bemühungen nicht weiter fruchten würden. Und als sie nun anhielt, in einer vagen, beklommenen, aber dumpfen Stimmung, da fing die Pfütze doch tatsächlich wieder zu wachsen an.

Christina war plötzlich hellwach, jeder Muskel ihres schlanken Körpers angespannt, ihr Herz klopfte heftig, der Atem stockte. Etwas Eiskaltes griff nach ihrem Herz. Die Haare sträubten sich. Aber sie wehrte sich gegen die lähmende Angst, die sie überfallen wollte:

„Ich muss mich getäuscht haben", flüsterte sie tonlos, „denn was ich gesehen habe, gibt es nicht."

Und sie machte sich noch einmal tüchtig mit dem Lappen über die Pfütze her. Doch kaum, dass sie wiederum innehielt, wuchs der Fleck zur alten Größe. Sie machte eine ganze Weile weiter, verbissen wie ein Sportler, der nicht aufgeben will, auch wenn er schon weiß, dass er verloren hat, immer in der Hoffnung, dass nicht wahr wäre, was war, dass diesmal der Lappen und ihre wringenden Hände stärker wären als die Flüssigkeit.

Aber der Spuk blieb.

Schließlich warf sie sich aufs Sofa und sah fast kalt zu, wie die Pfütze ihre ursprüngliche Form zurück gewann.

Seltsamerweise empfand sie jetzt mehr Wut als Angst. Ein kalter Zorn hatte sie gepackt und weckte die große, alte Kämpferin in ihr. Sie packte ihre Angst bei den Hörnern, und ohne zu wissen, wer ihr Gegner war, schwor sie ihm eigensinnigsten Widerstand.

Sie betrachtete die Pfütze. Sie sah sehr harmlos aus. Das Fenster spiegelte sich in ihr und die Bäume, die sich vor dem Fenster wiegten. Ein Vogel flog quer auf ihre Füße zu. Und nun fing ein gelbliches Strahlen an, das die aufgehende Sonne in die seltsame Erscheinung schickte.

Schwester Christina zuckte die Schultern und holte sich Tee. Sie setzte sich, jetzt furchtlos, aufs

Sofa zurück und befahl dem Spuk, bis zum Abend verschwunden zu sein. Und auf keinen Fall einen Wasserfleck im Parkett zu hinterlassen. Dann ging sie nach unten. Im gleichen Raum mit dem unheimlichen Ding wollte sie nun doch nicht bleiben, auch wenn dies bedeutete, dass ihre Arbeit liegen blieb.

Als sie ins Gastzimmer kam, schnupperte sie. Sie roch nichts Verdächtiges. Und trotzdem, die Atmosphäre hatte sich irgendwie verändert. Aber sie konnte sich nicht entscheiden, was sie wahrzunehmen glaubte. Dann hörte sie die Haustüre ins Schloss fallen und schrak zusammen. Wer, außer ihr, war um diese Zeit schon auf? Sie duckte sich, nun langsam am Ende ihrer Nerven, und schlich zur offenen Tür. Sie versteckte sich dabei so gut es ging und spähte vorsichtig um die Ecke. Da sah sie Qi, die die Treppe hinaufging.

Das war ungewöhnlich, Qi blieb sonst nie über Nacht weg. Christina spürte, dass etwas vorging in ihrem Haus. Aber hilflos ahnte sie nicht, was. Und wieder packte sie ein maßloser Zorn.

10

Pawel hatte Qi die Nadeln aus dem Haarknoten gezogen und ihr die Strähnen aus dem Gesicht gezupft. Er saß an die Wand gelehnt und hielt ihr Gesicht an seine Brust gedrückt. Sie weinte noch immer lautlos, und er fühlte beklommen, dass sein Streicheln sie nicht zu trösten vermochte.

„War ich zu grob?" flüsterte er schuldbewusst,

doch sie schüttelte den Kopf und antwortete nicht.

Und wieder musste er geduldig das Rätsel ungelöst lassen, das sie ihm mit ihrem Verhalten stellte.

Etwas Seltsames, Unerklärliches lag tatsächlich auf Qi, obwohl sie selbst nichts davon ahnte. Eine blinde Großtante hatte einst ihrer Großmutter prophezeit, sie würde eine ganz besondere Enkelin haben, eine Frau von großer Kraft und Gewalt. Sie wäre so mächtig wie Qi, die Lebenskraft, und so würde sie auch genannt werden. Wie fast alle Chinesen war Qis Großmutter abergläubisch, obwohl sie eine aufrechte und aufgeklärte Anhängerin Maos war. Sie nahm sich die Voraussage zu Herzen. Doch als sie im Rahmen eines Freundschaftsaustauschs aus den großen, chinesischen Steppen nach dem stalinistischen Moskau verschickt wurde, vergaß sie über ihrem Kummer und dem Heimweh die seltsame Prophezeiung. Erst als sie von einem wunderschönen, blonden Funktionär schwanger wurde, erinnerte sie sich an die Geschichte. Als die stalinistischen Säuberungen begannen, folgte sie ihrem Geliebten in die Verbannung nach Sibirien. Die Weite erinnerte sie an ihre Heimat. Doch das Überleben war schwierig. Vor allem, nachdem der Mann starb und sie mit zwei Kindern zurückließ. Die Tochter, Qis Mutter, war dunkelhaarig, klein und eindeutig chinesisch, der Sohn groß und blond, mit leicht schräg gestellten Augen. Er verschwand schon als junger Mann im Gulag, während Qis Mutter nur eines wollte: weg – weg nach Westen. Sie heiratete einen Russen, der sie nach Moskau bringen sollte, einen stämmigen, gutmütigen Bauernsoldaten, der auf der weiten und gefährlichen Reise verloren ging. Zu seiner Ehre erhielt Qi, als sie geboren wurde, einen russischen Namen. Die Reise von Mutter und Tochter dauerte Jahre und ging über manch schwierige Zwischenstation. Die beiden hatten vieles durchzustehen, bis sie endlich in das ersehnte Moskau gelangten. Qi war inzwischen gewachsen und hatte bereits ihren siebzehnten Geburtstag gefeiert.

Wie viele Moskauer Mädchen arbeitete Qi in einem Hotel. Das war die einfachste Möglichkeit, zu überleben und mit Westlern und deren Geld in Kontakt zu kommen. Denn das hatte Qi mit der Muttermilch aufgenommen: Auch sie wollte nach Westen, immer weiter nach Westen. Und sie sparte für die Reise.

Eines Abends sagte ihr ein amerikanischer Gast, den sie mit gesenktem Blick bediente, sie habe Haare wie die Sängerin Chi Coltrane, deren blonde Strähnen wie ein Wasserfall auf die Tasten hingen, wenn sie das Klavier traktierte. Der Name elektrisierte das junge Mädchen mit dem russischen Namen und sie nahm ihn unverzüglich an. Von da an nannte sie sich Chi, chinesisch geschrieben Qi. Die Voraussage hatte sich erfüllt, ohne dass Qi von ihr wusste.

Dann kam der Zusammenbruch der großen Sowjetunion und Qi benutzte die nächste Gelegenheit, sich in den Westen abzusetzen. Sie reiste mit einem Mann namens Fritz, der sich in Russland große Bauaufträge zu angeln gehofft hatte, aber nichts anderes heimbrachte, als diese kleine Russin mit den schrägen Augen.

Er verlor bald sein Interesse an ihr, aber er versorgte sie immerhin mit Papieren, so dass sie arbeiten und sich ihr Leben verdienen konnte. Sie servierte in einer kleinen Kaffeebar. Ein Chirurg, der dort jeweils vor Dienstantritt seinen Kaffee zu trinken pflegte, war von ihren tranceartigen Bewegungen und ihrem schrägen Blick derartig fasziniert, dass er sie zu seiner festen Geliebten machte. Zu seiner finanziellen Entlastung besorgte er ihr die Stelle in der Kartause, die er von einem Besuch an einem Ärztekongress her kannte.

Christina mochte Qi im Augenblick, wo sie sie sah. Das junge Mädchen strahlte etwas aus, das Christina dumpf an früher erinnerte. Wobei sie sich nicht bewusst machte, dass es die Erinnerung an das Kloster war. Um Qi lag dieses Würdige, Stille, das sich Schwester Christina damals mühselig hatte aneignen müssen, als sie in den Orden eingetreten war: Langsame, niemals unerwartete und niemals ausgreifende Bewegungen, beherrschtes Schreiten, ein ernstes Gesicht, das stets zum Lächeln bereit war und vor allem: kein überflüssiges Wort.

Vielleicht war Qi so still, weil sie die Sprache nicht sicher beherrschte. Aber eigentlich schien nicht dies die Ursache ihrer Gesetztheit zu sein. Denn wenn die anderen Mädchen sich Scherze, schnell wie Federbälle, hin und zurückwarfen, dann lächelte Qi nur milde. Niemals brach sie in Kichern oder lautes Lachen aus. Es schien ihr einfach nicht zu liegen, laut zu sein.

Sie war mäßig in allem, trank keinen Alkohol und rauchte nicht, wie die meisten anderen. Sie aß gern leicht und wenig und war entsprechend schmal und schlank. Ihre Kleider waren einfach und schmucklos, ihr Haar lang und glatt. Sie trug kaum Make-up und niemals schwülstiges Parfum. Wenn sie ging, schien sie zu schweben. Was sie berührte, schien sie zu streicheln. Oder zu segnen. Und sie scheute vor nichts zurück. Sie langte so willig nach dem Putzeimer wie nach der Blumenvase, sie holte mit der gleichen Geduld Kräuter im Garten und Flaschen im Keller. Und die Gäste liebten, ja verehrten sie, weil sie das Essen so liebevoll servierte, dass es zur festlichen Feier wurde. Wobei es die Männer besonders erregen musste, zu wissen, dass sie sich später von diesen Händen auch noch anders würden bedienen lassen.

Qi war wie stilles Wasser, niemals erregt, niemals aufgewühlt. Doch jetzt lag sie in Pawels Armen und hörte nicht auf, zu weinen. Dabei schien sie nicht einmal erregt. Kein Schluchzen war zu hören, kein Schütteln ging durch ihren Körper. Die Tränen flossen einfach, ganz ruhig, und sie wollten kein Ende nehmen. Und als Pawel, unglücklich und erschreckt, nicht aufhörte, in sie zu dringen und sie zu fragen, was sie denn hätte, sagte sie schließlich, um ihn nicht zu quälen: „Es war so anders als sonst." Dann trocknete sie ihre Tränen, kuschelte sich an Pawel und schlief ein.

Und ein anderer wartete vergebens auf sie.

11

An diesem Morgen lief alles schief und das war auch kein Wunder, denn da Schwester Christina aus ihrer Wohnung und von ihrem Schreibtisch weg geflohen war, hatte sie auch die Bestellungen nicht durchgeben können und entsprechend wurden die Krebsschwänze, die die Küche dringend benötigte, nicht rechtzeitig geliefert und Christina musste selbst in die Stadt fahren um sie zu besorgen. Das Unheimliche in der Wohnung belastete sie, auch wenn sie nicht daran zu denken versuchte und dass sie nun noch einkaufen gehen musste, machte sie zusätzlich nervös – auch wenn sie sich noch so sehr zu sagen versuchte, dass dies nun einmal zu ihrem Job gehöre.

So fuhr sie schlechter Laune weg und besorgte das Notwendige. Sie dachte sich nichts Besonderes, als sie nun die kleine Straße auf ihr Anwesen zufuhr, außer vielleicht, dass es erstaunlich sei, wie dicht belaubt die Bäume nun schon wieder waren, wie sehr sie schon wieder das Tal mit ihrer grünen Masse verstellten und wie sie die Straßen zu verengen schienen. Sie drosselte das Tempo, denn die Einfahrt war nur mit Kies belegt, das sie nicht wegschleudern wollte.

Plötzlich fiel so etwas wie ein Gewicht, wie eine rabenschwarze, erdrückende Schwermut auf sie, ein Gefühl, das sie bisher nicht kannte. Sie klammerte sich ans Steuer und dachte einen Moment, ihr Herz sei vielleicht am Versagen, doch dann merkte sie, dass mit ihrem Körper alles in Ordnung war. Aber dieses Schweregefühl hatte sie angefallen, wie wenn man sie mit einem Kessel Wasser übergossen hätte. Es machte sie ratlos. Nach einem kurzen Moment jedoch fing sie wieder an, innerlich zu wüten, wobei sie keine Ahnung hatte, gegen wen überhaupt sie ihren Zorn richten sollte.

Sie ging hinein. Qi kreuzte ihren Weg. Diese hatte tiefe, fast schwarze Ringe unter den Augen und war offensichtlich müde, denn sie schien sich eher zu schleppen anstatt, wie gewohnt, sich leichtfüßig zwischen den Tischen zu bewegen. Sie war dabei, schön gefaltete Servietten auf den Tischen zu verteilen. Ihre Erscheinung missfiel Christina zutiefst, aber sie begrüßte sie trotzdem freundlich. Qi war ihre beste und willigste Kraft und hatte sich in den zwei Jahren, die sie bei ihr war, noch nie daneben benommen. Und so verzieh sie ihr die gestrige Eskapade und die Auseinandersetzung, die sie mit dem aufgebrachten Kunden gehabt hatte, mit dem Qi verabredet gewesen war. Da sie selber mit diesem Geschäft nichts zu tun haben wollte, konnte sie ihm auch keines der anderen Mädchen vermitteln.

„Aber gehen Sie doch in die Bar", empfahl sie ihm, „und trinken Sie zum Trost etwas auf meine Kosten. Ich werde Bescheid sagen."

Und das war natürlich die reinste Heuchelei, denn in der Bar waren die Mädchen, die auf Kunden warteten. Aber diese saßen nicht mit kurzen Röcken und weit ausgeschnittenen Blusen auf den Barhockern, das hätte Schwester Christina niemals geduldet. Nein, wie eine Schar unschuldiger Nymphen saßen sie in einem hellerleuchteten Nebenraum und steckten mit weißen Jungmädchenhänden reizende Gebinde aus selbstgezogenen Blumen und wildem Grün, das rund um die Kartause wucherte. Ursprünglich waren diese Gestecke als Tischdekoration für das Restaurant gedacht, aber inzwischen hatten sie sich zu einem eigentlichen Verkaufsschlager entwickelt und brachten Schwester Christina jedes Jahr ein hübsches Sümmchen ein. Dabei hatte es sich so etabliert, dass dies auch der Ort war, indem sich die Männer mit den Mädchen zu ihren Schäferstündchen verabredeten.

Eigentlich war es erstaunlich, dass Christina diese Mädchen, die mit dem Verkauf ihres Körpers sehr viel Geld verdienten, dazu brachte, aufmerksam und freundlich all die notwendigen und nicht besonders gut bezahlten Arbeiten im Haus zu verrichten. Es wäre ja vielleicht zu erwarten, dass die Prostitution die Mädchen so korrumpieren könnte, dass sie für gewöhnliche Arbeit nicht mehr geeignet sind. Dazu ist nur zu sagen: Das war eben Schwester Christinas Regiment. Sie duldete nichts anderes. Wer bei ihr viel Geld verdienen wollte, musste auch demütig geringere Arbeit leisten und das erst noch mit einem fröhlichen Gesicht. Das brachte nicht jede zustande und so kam es, dass die Mädchen der alten Kartause eine Auswahl von eigentümlichen und eigentlich starken Charakteren waren. Und es war nicht erstaunlich, dass sie die verwöhnten Herren mit ihrer Besonderheit entzückten.

Die Königin unter all den Mädchen war aber Qi, obwohl sie es selbst gar nicht zu wissen schien. Qi war das Vorbild, nach dem sich ihre Kolleginnen richteten. Ihre sanfte Freundlichkeit, ihre Ausgeglichenheit und Hingabe waren zum Verhaltensmodell geworden, denn was immer sie tat, ob sie

Gläser polierte, Blumen richtete oder Böden aufwischte, sie tat es immer mit voller Aufmerksamkeit, mit totaler Zuwendung zur Aufgabe, wobei sie trotzdem immer einen schlafwandlerischen Ausdruck behielt. Und diese Art des offenen Vorhandenseins, des sich Gebens an jede Situation brachte die Männer, die sie bediente, in einen Zustand der Euphorie, nach dem sie gleichsam süchtig wurden.

Der Mittagsservice war, für einen so schwierigen Tag, gut über die Bühne gegangen. Christina hatte ihren morgendlichen Schreck schon fast vergessen. Sie fuhr noch einmal in die Stadt um Besorgungen zu machen, wie sie sich sagte, aber eigentlich ging es darum, ihrer Wohnung auszuweichen, obwohl sie sicher war, dass inzwischen die Pfütze ausgetrocknet war. Sie spielte Normalität und hoffte, dass die Wirklichkeit mitspielen würde.

Beim Abendservice dann, es herrschte Hochbetrieb, alles lief gut und Christina hatte ihre schwere Stimmung vom Morgen und ihre Angst schon fast vergessen. Die volle Gaststube schwirrte vom Lachen und Geplauder der Gäste, eine friedlich und frohe Stimmung herrschte im Raum. Da krachte es plötzlich. Ein schrecklich lauter Knall, der alles erzittern ließ. Es wurde augenblicklich still im Raum, nur die Gläser in den Schränken klirrten noch nach. Die Lampenschirme pendelten gemächlich an ihren langen Schnüren. Perplexes Schweigen. Dann rappelten sich die ersten Gäste zusammen. Offensichtlich ein Erdbeben, rief einer. Und nun hob ein Fragen und Reden an, manche rannten nach draußen, Aufregung und Chaos brach aus. Christina fühlte eine unbenennbare und tiefe Angst. Nur Qi ging ruhig zwischen den Tischen hindurch, lächelte fein und lud die gebrauchten Gläser auf ein großes Tablett.

An diesem Abend wurde es bald still in der Kartause, so dass Schwester Christina früher als gewöhnlich hinauf in ihre Wohnung ging. Sie war in Versuchung, kein Licht zu machen, etwas in ihr wollte nicht sehen, was unvermeidlich war. Doch sie rief sich zur Ordnung und hieb resolut auf den Lichtschalter. Und schon spiegelte sich die Deckenlampe deutlich und klar in der Pfütze auf dem Boden.

Christina nahm ein starkes Schlafmittel und warf sich ins Bett. Die Morgenzeitungen meldeten nichts von einem Erdbeben.

12

Drei Tage hielt sie durch. Sie hatte eine alte Türvorlage auf den Fleck gelegt, damit sie ihn nicht mehr sehen musste und sich ein dickes Fell über die Seele gezogen. Sie war von Panik erfüllt und gleichzeitig fest entschlossen, sich nicht zu fürchten. Sie würde sich nicht von irgend welchen Seltsamkeiten beeinflussen lassen, nahm sie sich vor. Dabei war es nicht auszumachen, ob es ihre Sturheit war, die es ihr erlaubte, mit ihren Geschäften fortzufahren wie gewöhnlich, oder ob sie es ihrer Erfahrung als Klosterfrau verdankte, dass sie fähig war, mit diesen übernatürlichen Phänomenen umzugehen. Sie blieb ruhig, als ihr Schlüsselbund verschwand und gab sich sogar selber die Schuld, als sie ihn in einem Schrank fand, den sie nur sehr selten öffnete. Sie zuckte kaum zusammen, als in ihrem Rücken, sie saß am Schreibtisch und ordnete ihre Papiere, eine Vase zu Boden donnerte, ohne dass sie von jemandem berührt worden wäre. Doch als sie an diesem Morgen beim Zähneputzen im Spiegel beobachtete, wie hinter ihr aus der Dusche der Badeschwamm geflogen kam, eine seltsame Flugbahn beschrieb und schließlich wie abgeschossen auf den Boden fiel, da brach ihre Abwehr ein. Sie brach schluchzend über dem Waschbecken zusammen, einem Nervenzusammenbruch nahe. Das ist nicht gerecht, haderte sie, das ist zu viel für eine einzige Frau wie mich. Und wieder war in ihr neben der Panik auch eine große Wut auf das, was sie da so gnadenlos attackierte.

„Ich spüre eine seltsame Präsenz um mich", sagte sie zu Heinrich, als sie ihm die Vesper brachte. Sie war an diesem Tag früher zu ihm gekommen, weil sie beschlossen hatte, ihn ins Vertrauen zu ziehen. Und tatsächlich hatte sie ihm alles erzählt: Von dem verdammten Fleck, der sich nicht wegwischen ließ, vom Knall, vom Scherz mit dem Schlüsselbund und dem fliegenden Badeschwamm. Nun saß sie, erleichtert über ihre Beichte, auf dem niedrigen Hocker, den er benutzte, wenn er etwas bearbeiten musste, das auf dem Boden lag. Sie hatte ihren eleganten, engen Rock brav über die Knie gezogen und hielt mit beiden Händen die Jacke über ihrer Brust zusammen, als ob sie frieren würde. Sie sah trotz ihrer mehr als fünfzig Jahre wie ein erschrecktes kleines Mädchen aus, das sich noch kleiner machen wollte als es war, oder noch besser, ganz unsichtbar.

So hatte Heinrich sie noch nie gesehen, diese starke, sture oft sarkastische Ex-Nonne. Er saß schräg in einem der noch nicht zerlegten Chorstühle und eine geschnitzte Blattranke bohrte sich gnadenlos in seine Seite. Er streichelte gedankenlos die Ohren eines Holzhasen, der sich unter dieser Ranke versteckt hielt.

„So ist also der Geist über dich gekommen, Schwester", witzelte er. Doch als er sah, dass ihr das Wasser in die Augen schoss, entschuldigte er sich augenblicklich.

„Nimm es mir nicht übel, Schwester, aber das gehört nun einmal zum Bild, glaub es mir: Wer Geister sieht, wird nicht ernst genommen – nimm es mir nicht übel. Die angesehensten Leute hat man als Trottel behandelt, nur weil sie Dinge erlebt haben, von denen Leute, die nicht dabei waren, behaupten, es gäbe sie nicht. Ich will damit nur sagen: Sei vorsichtig, Schwester."

Heinrich sprach aus Erfahrung, aber das sagte er wohlweislich nicht.

„Ich bin ja vorsichtig", sagte sie dumpf, „ich habe drei Tage lang keinem Mensch ein Wort gesagt und einfach alles ignoriert. Aber ich habe das Gefühl, das ist der verkehrte Weg. Ich fürchte, ich reize es dadurch noch mehr."

„Du redest davon, als ob es ein Ding mit Bewusstsein und Willen wäre."

Heinrich sah sie scharf und forschend an. Es gefiel ihr, dass er das alles so kühl und vernünftig aufnahm.

„Ja, tatsächlich, so kommt es mir vor. Ich fühle", doch sie verbesserte sich sogleich, „ich meine zu fühlen, dass es etwas will." Christina zog sich noch mehr zusammen.

„Vielleicht eine unerlöste Seele?"

Heinrich murmelte es ohne Spott. Er sah sie bereits, die schmale junge Frau in der weißen Kutte, noch deutlicher aber das schwere Geschick, das sie wie ein Gepäckstück mit sich trug: eine Verzweiflung, die sie zu Boden drückte und gleichzeitig eine triumphierende Kraft, die ihr Flügel verlieh.

„Du glaubst daran?" fragte sie und straffte sich unmerklich auf ihrem kleinen Stuhl.

„Ich weiß nicht", wich er aus, „ich beziehe mich auf die Literatur. Du weißt ja, ich hatte jahrelang Zeit zum Lesen. Und in der Klosterbibliothek ...", er hatte sich angewöhnt, ihr gegenüber das Gefängnis als Kloster zu bezeichnen, was sie gutmütig duldete, denn sie war wirklich ein unerschrockenes Frauenzimmer, „ ... da gab es einen Haufen Bücher zum Thema Übernatürliches und Übersinnliches, aus dem Nachlass eines Esoterikers. Das gibt einem schon zu denken. Also, vielleicht sollten wir einmal einen kleineren Exorzismus versuchen."

Er hatte "wir" gesagt. Schwester Christina zuckte zusammen. Das ging ihr nun doch zu weit. Auch die respektlose Art, wie er über kirchliche Rituale redete, ging ihr gegen den Strich.

„Ich möchte einfach, dass Du dir den Fleck einmal ansiehst", sagte sie distanziert. „Und vielleicht könntest Du eine Probe der Flüssigkeit untersuchen lassen." Mehr wollte sie im Moment nicht von ihm. Denn sie spürte irgendwie, dass sie das Phänomen für sich behalten wollte. Noch war es „ihr" Geist, noch.

13

Es gibt kein Land und keine Kultur ohne Geistergeschichten. Und überall wird von den gleichen Phänomenen berichtet: Klopfen in den Wänden, Herumfliegen von Gegenständen, oft in ungewöhnlichen Flugbahnen, Ausbruch von Feuer oder Wasser, Verrücken von Möbeln, auch von sehr schweren, Steinregen, wobei die herunterfallenden Kieselsteine öfter heiß oder warm sind. Manchmal weht ein kühler Luftzug durchs Haus, Fenster und Türen öffnen sich, selbst wenn sie verriegelt sind, Stimmen und Geräusche werden laut. Gelegentlich werden Zeugen von unsichtbaren Händen betastet, es wird an Bettdecken gezupft. Die Phänomene scheinen von einer Intelligenz geleitet, reagieren auf Anreden, treiben öfter üble Scherze und werden gerne obszön. Ganz selten wird auch von Grobheiten und Verletzungen berichtet. Es kommt vor, dass Geister erscheinen, lebensechte Gestalten oder durchsichtige, ganze Männer und Frauen, oder nur eine Hand, ein Kopf oder Augen. Durch die moderne Technik hat sich das Repertoire des Unsinns sogar noch vergrößert, jetzt rotieren Telefonzähler und ähnliches Gerät ohne äußere Einwirkung, elektrische Kassensysteme werden außer Kraft gesetzt, Straßenlampen gehen an und aus. Wer nicht dabei ist, hat es gut und kann behaupten, das alles sei einfach Einbildung. Doch wenn es Zeugen gibt, wenn mehrere die gleichen Phänomene sehen, dann wird es für die Betroffenen schwierig, ihre Erlebnisse zu leugnen, so gerne sie es auch täten. Tatsächlich reagieren sie alle ähnlich, sie suchen nach natürlichen Erklärungen, versuchen die Sache zu ignorieren, doch schließlich versagen ihre Nerven und mit ihrem Widerstand bricht auch ihr Weltbild zusammen. Oft ist damit auch ein Nervenzusammenbruch verbunden.

Da gab es doch in Stans diesen aufrechten und angesehenen Rechtsanwalt und Politiker Melchior Joller, ein Radikalliberaler, der allem Seltsamen abhold war. Selbst als im Jahre 1860 in seinem Haus ein Spuk auftrat, blieb er der Meinung, es müsse natürliche Erklärungen dafür geben.

Es begann alles damit, dass eine der Mägde hysterisch behauptete, in ihrer Bettstatt hätte es geklopft. Man befahl ihr streng, nicht mit derartigen dummen Behauptungen zu hausieren. Doch ein paar Wochen später erlebten auch die Frau und Tochter Jollers seltsame Geräusche, die aus dem Tisch kamen. Sein Sohn fiel in Ohnmacht, als er eine weiße Gestalt erblickte. Von da an wurde die Familie durch häufiges Rascheln und Klopfen gestört, was sie aber zu übergehen versuchte. Doch die Ereignisse eskalierten. Die Erscheinungen wurden immer aufdringlicher. Türen und Fenster sprangen auf, Stühle wurden auf den Kopf gedreht, Musik und Stimmen und hässliche Geräusche klangen durch das Haus. Ins Herdfeuer wurde Wasser geschüttet. Pferdegeschirr steckte im Ofenrohr. Steine fielen vom Himmel. Die Familie fühlte sich terrorisiert und verlor langsam die Nerven. Joller schaltete die Polizei ein. Eine Untersuchungskommission prüfte und stellte fest, dass alles tatsächlich mit unrechten Dingen zuging. Dies zog Scharen von Neugierigen an. Die Gerüchteküche brodelte. Und plötzlich wurde auch der kühle Joller, der stets für Vernunft plädierte hatte, verstört und seltsam. Er wisse nun alles, sagte er eines Morgens und zog mit der ganzen Familie nach Rom, weil er das Gefühl hatte, er müsse sein Wissen dem Papst mitteilen. Er soll angefangen haben, seltsame Ansichten zu vertreten und starb bald darauf.

Dieser Fall war einer der ersten, der vielseitig belegt und durch mehrere, unabhängige Zeugenaussagen beglaubigt ist. Nicht weniger berühmt wurde der Fall von Rosenheim, wo es im Jahre 1967 zu spuken anfing. Während aber die Polizisten im letzten Jahrhundert wohl nur über beschränkte Messinstrumente verfügten, waren die Ingenieure der Bundespost und andere Fachleute bestens ausgerüstet, um objektiv festzustellen, dass da Unwahrscheinliches geschah:

Ohne dass das Telefon berührt wurde, gab es laufend Anrufe bei der Zeitansage. Die elektrische Versorgung wurde darauf mit Notaggregaten überbrückt, damit etwaige Störungen in den Leitungen ausgeschlossen werden konnten. Ein zentnerschwerer Aktenschrank verschob sich, Lampen pendelten ohne Anstoß und vergrößerten ihre Ausschläge, was physikalisch auf unbekannte Energiezufuhr hinwies. Ein Bild rotierte um seinen

Nagel und konnte dabei auf Video festgehalten werden.

Die beteiligten Ingenieure sahen sich außerstande, zu erklären, was in dieser Anwaltskanzlei vor sich ging.

Aber selbst die am besten untersuchten Phänomene ändern nichts daran, dass sie später in der Literatur immer im Konjunktiv erzählt werden: Elektrische Zähler sollen sich wild gedreht haben, wird etwa geschrieben und nicht: Die elektrischen Zähler drehten sich wild. Immer wieder disqualifizieren Unbeteiligte selbst die sorgfältigsten Beobachtungen von Beteiligten und Fachleuten, so dass es immer noch einen Streit darum gibt, ob diese Phänomene tatsächlich existieren. Es scheint, als ob ein Fluch auf diesen Geschichten läge, als ob irgend eine Macht verhindern wollte, dass endlich Klarheit herrscht. Wobei nicht verschwiegen werden soll, dass auch immer wieder Betrugsfälle vorkommen, dass sich sehr oft sogar echte Phänomene mit Schabernack und Täuschung mischen.

Das Poltergeist-Phänomen rumort darum wohl noch lange durch die Wohlanständigkeit des rationalen Verstandes. Glücklich, wer ihm nicht begegnet, glücklich, wer seinem Terror entgehen kann. Denn so interessant es ist, dass es unerklärliche Dinge gibt, so mühsam ist es auch, wenn man ihnen hilflos ausgesetzt ist.

Und noch eine Seltsamkeit: Selbst bestens untermauerte Untersuchungen ändern nichts daran, dass früher oder später Kontroversen über die Echtheit der Phänomene stattfinden. Das hat seine guten Gründe: In vielen Fällen melden sich im

Nachhinein Zeugen, die plötzlich behaupten, sich damals geirrt zu haben, oder die sich sogar selber der Manipulation und Täuschung bezichtigen.

Und wir fragen uns: Lügt der Zeuge jetzt oder log er damals? Wollte er sich damals wichtig machen? Oder will er heute wieder unterkriechen bei der öffentlichen Meinung, die besagt, dass nicht sein kann, was nicht sein darf?

Oft erklären die gleichen Zeugen noch ein paar Jahre später, die Phänomene seien doch echt gewesen und sie hätten gelogen, als sie sie leugneten. Damit wird das Durcheinander komplett. Doch wir sollten diese Menschen in ihrer Verwirrung nicht verurteilen: Die Einsamkeit ist groß für den, der Dinge weiß, von denen die Mehrheit nichts wissen will.

14

Pawel fühlte sich krank, so krank, wie er sich in seinem Leben noch nie gefühlt hatte. Seit Qi ihn verlassen hatte, war er in einer Stimmung, die er bisher nicht kannte. Eine tiefe Niedergeschlagenheit hatte ihn erfasst. Eigentlich hatte es schon begonnen, als sie in seinen Armen schlief. Noch eine Weile hatte er sie still betrachtet, nachdem sie ihr Weinen aufgegeben hatte und eingeschlummert war. Dann hatte auch ihm der Schlaf das Bewusstsein geraubt.

Er kam wieder zu sich, als sie aufstand. Stumm sah er zu, wie sie ihre Kleider zusammensuchte und sich mit flinken Bewegungen anzog. Als sie merkte, dass er wach war, trat sie zu ihm. Sie sagte nichts. Sie streichelte ihn einfach. Aber etwas in ihr war dabei so abwesend, dass er vor Schmerz und Einsamkeit hätte schreien mögen. Er fühlte sich wie ein Tier, dem man gibt, was es braucht, das aber nichts versteht von dem, was vorgeht. Trotzdem nahm er ihre Berührungen dankbar hin. Er war unfähig zu irgend einer Reaktion. Und selbst als sie ihm einen Kuss auf die Lippen hauchte und „wir telefonieren" flüsterte und verschwand, sagte und tat er nichts. Er hielt sie nicht fest, er rief ihr nichts nach. Er sah einfach zu und hasste sich deswegen abgrundtief. Und vor allem verstand er sich nicht. Er wollte sie nicht gehen lassen, er wollte sie unbedingt wieder sehen. Aber er war einfach liegengeblieben. Sein Herz schmerzte ihn all zu sehr.

Dumpf sagte er sich, er wisse ja, wo er sie wieder finden würde, das war nicht das Problem. Sein Problem war, dass er weder ihr noch sein Verhalten verstand. So hatte er sich noch nie benommen, so hatte er sich noch nie gefühlt. Und je mehr er in seiner Stimmung verharrte, desto tiefer versank er in seiner Depression. Er blieb bis zum Mittag im Bett, döste und schlief abwechslungsweise. Und warf sich auch das vor.

Schließlich stand er auf, rasierte sich, machte sich frisch und setzte sich an seinen Zeichnungstisch. Aber an diesem Tag mochte er seinem Plan nichts abgewinnen. Sollten die Leute doch alle wohnen, wie sie wollten, sollten doch andere Architekten revolutionäre Konzepte entwickeln. Er wollte nicht mehr. Er wollte nichts mehr.

Inzwischen war es vier Uhr. Er holte sich eine Flasche Bier. Danach stahl er seiner Vermieterin den Rum. Er würde ihn morgen ersetzen. Ihm war nun alles gleichgültig. Er betrank sich. Und legte sich wieder ins Bett um in einen traumlosen Schlaf zu versinken.

Am nächsten Morgen erwachte er früh. Ein wilder Bewegungsdrang zwang ihn nach draußen. Er rannte beinahe zu seinem Fahrrad um möglichst schnell zur Pferdestallung zu kommen. Der Stallgeruch beruhigte ihn, zufrieden streichelte er die braunen Bäuche der ihm bekannten Pferde. Sie wendeten den Kopf, sahen ihn fragend an, drückten ihre trockenweichen Nasen an seine Wange, knabberten zärtlich. Langsam wurde ihm wohler.

Er nahm den Striegel und begann den ersten seiner Schützlinge zu bürsten. Unermüdlich bearbeitete er das staubige, borstige Fell, bis es matt zu schimmern anfing. Das Pferd erwiderte seine Arbeit mit einem sanften Gegendruck. Die heftige Arbeit erleichterte ihn. Als er die Mähne des Pferdes putzte, konnte er bereits wieder sanft sein. Er ordnete die zerzausten Haare und verglich ihr Gewicht mit den blonden Strähnen von Qi. Dies machte seine Gesten immer zärtlicher und das Pferd genoss seine Pflege. Immer wieder drehte es den Kopf nach ihm und wollte ihn mit der Nase berühren. Schließlich lachte er. Eine Siegesgewissheit erfasste ihn. Er würde gewinnen. Wer immer sie war, sie würde ihn lieben müssen. Das würde er schaffen, er war sich jetzt sicher. Etwas anderes war gar nicht möglich. Sie war für ihn gemacht, das war klar und sie würde es verstehen müssen.

Als er nach dem Putzen und Misten endlich in die goldene Morgenluft hinausritt, jauchzte er beinahe. Die Bäume hatten sich bereits stark aufgeplustert, aber noch immer wirkte ihr Laub so weich wie Flaum. Die Buchen trugen ein augenzerschneidendes Hellgrün, während die Eichen noch holzig und winterlich wirkten. Der Kies des Waldweges knirschte unter den Pferdehufen, ein Eichelhäher kreischte. Sonst aber war es ganz still.

Pawel fühlte seinen Körper im Einklang mit der Umgebung, er flog auf mit dem Pferd und verschmolz mit dem Tier. Ihm war, als ob er eins mit dessen Kraft geworden wäre. Und als er dachte: ‚So jetzt Galopp' da wechselte das Pferd den Schritt, noch bevor er etwas sagen oder sich rühren konnte. In diesem Moment liebte er dieses Pferd, so sehr wie die Welt, so sehr wie das seltsame Mädchen, das ihn einen Tag und eine Flasche Rum gekostet hatte.

15

Es war die Wahrheit, als Qi sagte: „Es war so anders als sonst". Aber es war nicht der Grund, warum sie weinte, warum die Tränen still aus ihr flossen wie Wasser, das die Erde nicht mehr zu schlucken vermag, Grundwasser, in der Tiefe gesammelt, von unten aufsteigend, nicht aufzuhalten, nicht abzuleiten, Nässe, die nur der Wind und die Zeit ganz langsam trocknen kann.

Qi hatte sich wieder gesehen, wie sie als kleines Mädchen war. Sie hatte auf den Boden geblickt und ihre kurzen, weißen Kinderfüße gesehen, wie sie ganz vorsichtig winzige Schritte machten. Sie spürte die gespeicherte Wärme und das trockene Rieseln des Sandes, auf dem sie ging. Und dann kam die kühle Schwere des nassen Uferstreifens, in dem sie scharf gezeichnete kleine Fußabdrücke hinterließ. Aber das interessierte sie nicht. Sie starrte konzentriert nach unten, setzte in Beklemmung ein Füßchen vor das andere, ganz langsam, als ob sie den nächsten Moment fürchtete. Und tatsächlich, nun sah sie am Rand ihres Blickfelds das Wasser glitzern. Noch bedächtiger ging sie jetzt. Doch die Grenze zwischen dem nassen Sand und den trägen, flachen Wellen, die Linien in ihn zeichneten, kam näher und näher. Und nun – ihr kleines Herz stand beinahe still – nun setzte sie den Fuß aufs Wasser.

Und wieder sank sie ein.

Qi hatte einmal mehr versucht, auf dem Wasser zu gehen. Mit der ganzen Inbrunst ihrer kleinen Seele wollte sie erleben, was ihr die alte Frau, die sie hütete während ihre Mutter arbeitete, erzählt hatte. Zumindest ein paar Schritte wollte sie, wie Petrus, dem Herrn auf dem Wasser nachfolgen können. So weit, fand sie, müsste ihr Glaube doch reichen. Doch sie scheiterte und das war ihr der Beweis, dass ihre Liebe zu dem unendlichen, hellen Licht noch nicht glühend genug war, dass ihre Kleinmut noch grösser war als ihr Glaube.

Was Qi nicht wusste, war, dass es dieser glühende Wunsch war, der sie zum Scheitern verurteilte. Weil sie mit so brennendem Blick auf ihre Kinderfüße schaute, sanken diese ins kühle Wasser, quoll das Nass zwischen den Zehen herauf, vergruben sich ihre Sohlen im aufgewühlten Sand. Wie oft war sie trostlos hinausgewatet, weit hinaus in den seichten See, der ihr, so weit sie auch ging, kaum über die Knie reichte. Wie gut wäre es gewesen, wenigstens ganz zu versinken, wenigstens das Wasser zu fühlen, wie es höher und höher an ihr hochklettern, ihren Bauch kühlen, ihre flache Brust beschweren, ihr Kinn streicheln und sie schließlich ersticken würde. Aber so weit sie auch ging, der See rührte sich nicht, er war und blieb seicht.

Was Qi nicht wusste, war, dass sie tatsächlich die ganze Zeit wie über Wasser wandelte. Ihr Glaube trug sie durch eine Umgebung, die schwer erträglich und für jeden andern zerstörerisch war. Unerschrocken durchquerte sie die politischen Gräuel, in der Täter und Opfer wild die Rollen wechselten, unbeeindruckt ließ sie die Jammertiraden ihrer verbitterten und frustrierten Mutter über sich ergehen, die dieses Kind als zusätzliche Last empfand, unberührt überstand sie die Angriffe auf ihren Körper, mit der die zwei Frauen die lange Reise von Sibirien nach Moskau zu bezahlen hatten, unbefleckt verbrachte sie die dunklen Nächte in den Hotels der Hauptstadt, mit den Männer, die ihr zu essen gaben und sie endlich weiter nach Westen mitnahmen. Und nun ging sie, weiterhin wie in Trance, zwischen den alten Mauern der Kartause herum, genoss die Schönheit und den Frieden, steckte Blumen, bediente Gäste und Männer und war glücklich.

Bis zu diesem Moment. Doch nun, in den Armen von Pawel, waren die Bilder ihres Versagens wieder aufgetaucht. Als sie ihre Kinderfüße vor sich sah, war plötzlich die alte, schreckliche Traurigkeit in ihr hochgestiegen. Und mit dieser die Tränen, die sich nicht mehr zurückhalten ließen. Ihr war plötzlich Angst, sie fühlte eine Bedrängnis, als ob eine unbekannte Kraft aus der Tiefe nach ihr griffe. Sie spürte etwas, das sie nicht hätte benennen können, das sie nach unten zog und sie erneut und unerbittlich zwang, auf dem Boden, dem nassen, verhassten Grund zu gehen. Etwas brach in ihr Leben ein, etwas sprengte ihren Schutz, an dem bisher all das abgeprallt war, was andere Menschen zerstörte.

Sie schmiegte sich in Pawels Arme. Diese boten wenigstens in diesem Moment noch Schutz. Doch als sie am frühen Morgen nach Hause ging, als sie die alten, ehrwürdigen Gebäude betrat, da fühlte sie, dass sie nicht mehr die Gleiche war. Es war eine Kraft in ihr, eine Macht, die sie gleichzeitig fürchtete und genoss.

Sie schlief ein paar kurze Stunden und trat danach ihren Dienst an. Doch dieses Seltsame begleitete sie, schien ihre Handgriffe und Tätigkeiten kritisch zu beobachten. Es schien sich immer breiter zu machen. Qi hatte Mühe zu atmen. Ein fast unerträglicher Druck baute sich in ihr auf. Und so empfand sie es als große Erleichterung, als es im Restaurant plötzlich krachte. Sie hatte das Gefühl, der Knall sei aus ihr herausgebrochen und die Kraft der Entladung ließ sie erstaunt und befriedigt lächeln. Aber gleichzeitig spürte sie auch eine große Angst. Angst vor sich selbst.

16

Seit Tagen hatte es geregnet. Die Büsche hingen tief gebeugt von der Schwere der Nässe, der Fluss trat über die Ufer und füllte in der nahegelegenen Stadt bereits die Keller. Heinrich ging über den Kiesweg und wich sorgfältig den Pfützen aus, die nichts als einen grauen, suppigen Nebelhimmel spiegelten. Ein nichtausgesprochener Fluch hing ihm zwischen den Zähnen.

Die Köpfe der Pfingstrosen waren bereits farbig. Von dunklem Rot, sattem Rosa und delikat geädertem Weiß perlten durchsichtige Regentropfen. Manche der Knospen bewahrten ihre feste Kugelform, doch sie waren bereits so fett, dass sie die grünen Deckblätter sprengten und die farbigen, glatten Blütenblätter hervor blitzen ließen. Wie nackte Hinterbacken von badenden Damen, die sich dezent zwischen Tüchern umzuziehen versuchen. Andere Sorten trieben die Blütenblätter spiralförmig heraus, so dass sie delikaten Rosenknospen glichen. In der Mitte aber zeigte sich in der sauberen Glätte ein feiner und doch wilder Wirbel, der nun vom Regen ertränkt wurde. Eine ganz seltene Art vermischte Blattgrün mit Rosa und wirkte wie ein wildes, chaotisches Urwesen, das sich noch nicht entschieden hatte, ob es Blatt oder Blüte werden wollte.

Heinrich ging diesen Weg nur selten. Sein Arbeitsgebiet war die Kirche, seine Wohnung war in der Stadt. Zwar lebte er dort sehr zurückgezogen in einer winzigen Mansardenwohnung, saß Abend für Abend auf seinem Sessel und las Buch um

Buch, wie er sich das während seiner zwölfjährigen Haft angewöhnt hatte. Doch die lärmige Straße unter seinen Fenstern gab ihm das Gefühl, inmitten des Lebens zu hausen, dort, wo die Ereignisse stattfanden, wo die Dinge bewegten, wo die große Freiheit war. Und so vermied er die Kartause, die ihn an Eingeschlossenheit erinnerte, wann immer er konnte.

Nun war er auf dem Weg zu Christina. In seiner Brusttasche trug er den Bericht des Labors, wo er die gespenstische Flüssigkeit aus ihrer Wohnung hatte analysieren lassen. Er wich einer stattlichen Weinbergschnecke aus, die über die nassen Kieselsteine kroch und stellte sich das Geräusch vor, das es gegeben hätte, wenn er aus Versehen auf sie getreten wäre. Er wusste nicht so richtig, war er schlechter Laune oder war er vergnügt.

„Es ist nichts als hundsgewöhnliches Wasser", sagte er, als er der besorgt dreinblickenden Schwester gegenüber saß, „H2O mit gar nichts sonst drin. Wobei ja wirklich verwunderlich ist, dass es keinen Fleck im Parkett hinterlässt."

Tatsächlich: Die Pfütze lag nun schon seit Tagen auf dem Holz und dieses blieb unversehrt, was man leicht feststellen konnte, wenn man sie für einen kurzen Moment wegputzte. Bis etwa zu drei Vierteln ließ sie sich nämlich entfernen, dann aber wuchs sie wieder. Christina hatte es immer und immer wieder getestet. Am Anfang waren ihr Schauer über die Haut gefahren und sie spürte, wie sich jedes Haar an ihrem Körper sträubte, aber gleichzeitig war sie auch fasziniert von diesem durchsichtigen Ding, dass da zu ihren Füßen ein

Eigenleben entwickelte und in beharrlicher Geschwindigkeit aus dem Nichts heraus wuchs. Sie hatte versucht, mit ihm zu sprechen und sich dabei nicht einmal lächerlich gefühlt. – Wer bist Du, was willst Du? – hatte sie gefragt und keine Antwort erhalten. Nur einmal schien ihr, dass sich ihr eine leichte Hand auf die Schulter legte, kühl war die Berührung und fast nicht wahrzunehmen, aber keineswegs unfreundlich, so fühlte sie, eher beschwichtigend, eher tröstend. Trotzdem war sie in Tränen ausgebrochen, sie war ja auch mit den Nerven am Ende, und hatte unter Schluchzen immer wieder wiederholt: Was soll denn das alles? Doch als keine Antwort kam, schlug sie den Teppich zornig zurück und vergrub die Geisterpfütze, sah nicht mehr hin, ignorierte sie. Aber in diesen Tagen ging ihr immer wieder eine Melodie durch den Kopf und es dauerte, bis sie sich erinnerte, dass es das Volkslied war, das von vielen ungeweinten Tränen handelte.

Wütend ging sie durch die Tage, gereizt durch die seltsamen Phänomene, die ihr zuwider waren und doch eine seltsame Faszination ausübten. Erschrocken fuhr sie aus dem Schlaf auf, wenn sich ihr Bett bewegte. Oder hatte sie es nur geträumt? Und die Gegenstände in der Wohnung, die verschwanden und an unerwarteten Orten wieder auftauchten? War das wirklich so oder war sie unzuverlässig geworden? Weniger als die Ereignisse an sich setzte ihr die Ungewissheit über sich selber zu. Aber sie kämpfte um ihre Fassung und hütete ihren Schlüsselbund wie ihren Augapfel.

Sorge bereitete ihr, dass nun auch im Restaurant

Seltsames geschah: Auf der Anrichte bewegten sich Gläser und Tassen, auch kleine Pfützen tauchten gelegentlich auf, auf Tischen, zwischen den Tischen und in der Küche. Aber sie waren so klein, dass es außer ihr niemandem auffiel. Aus der Küche tönte es, als ob Pfannen und Besteck zu Boden schepperte, aber das geschah glücklicherweise nur morgens und abends, wenn sie allein im Raum war. Dann eines Abends fing es an zu klopfen, leichte Schläge, als ob im Gang ein Handwerker am Hämmern wäre. Christina stürzte hinaus auf den Gang um zu sehen, was los war. Sie hatte die inbrünstige Hoffnung, dass da jemand wäre, aber wie sie gefürchtet hatte, gab es nichts zu sehen. Der Gang war leer, während das Klopfen in der Mauer nun neckisch seinen Rhythmus änderte.

Die Gäste reagierten zuerst nicht und aßen lobend das Nachtessen, das ihnen gerade serviert worden war. Es gab eine rosa gebratene Lammkeule mit einer würzigen Thymiankruste. Doch endlich meinte einer:

„Habt Ihr so spät noch Handwerker im Haus?"

Christina war wie vom Teufel geritten, als sie nun nonchalant sagte:

„Nein, nein, das ist unser neuer Hausgeist. Wir haben ihn extra für Sie engagiert, für unsere Gäste ist uns nichts zu viel."

Sie lächelte spitzbübisch und fühlte gleichzeitig, dass sie rot anlief vor Entsetzen. Sie, die gestrenge Schwester Christina machte normalerweise keine Scherze dieser Art.

Und auch jetzt war ihr nicht zum Lachen zumute. Sie war ermüdet von all der Aufregung, ihre

Beherrschung kostete sie den letzten Rest ihrer Energie.

„Das ist ja alles noch harmlos", sagte sie zu Heinrich, „aber wer sagt, dass es so bleibt? Wenn es anfängt, grauslich zu werden, laufen mir die Gäste davon, und was dann?"

„Wenn ich etwas gelernt habe im Leben", antwortete Heinrich bedächtig, „dann ist es, mich um die Dinge zu kümmern, wenn sie da sind. Noch sind wir weit von jeder Panik und Katastrophe entfernt und das kann ja durchaus so bleiben."

Christina saß bleich und erschöpft auf dem Sofa und Heinrich wurde es ganz weich ums Herz. Sie war so stark und so allein.

„Warum lässt Du dir nicht helfen, Schwester?", fragte er mit einer Stimme, die den Raum zum Vibrieren brachte.

Sie sah auf, überrascht durch diesen Ton, angerührt und erschreckt zugleich. Einen Moment sah er in ihren Augen die Sehnsucht sich dem Augenblick hinzugeben und zu zerfließen, doch dann riss sie sich wieder zusammen und zog ihre gewohnte Schutzhaut über sich.

Für Heinrich war es, als ob er eine Wand aus Glas berührt hätte.

17

Wieder hatte Schwester Christina ein Schlafmittel geschluckt, aber dieses Mal wollte es nicht helfen. Sie lag im Bett und blickte in die Nacht, die dunkler schien als je. Sie fühlte sich elend.

Sie streckte sich gerade aus und faltete die Hände auf der Brust, wie sie es im Kloster gelernt hatte, und stellte sich vor, sie liege im Sarg. Die Schwärze des Raumes schien nun passender und weniger drückend. Wo war sie? Was tat sie? Was wollte sie?

Lange hatte sie sich diese Fragen nicht mehr gestellt. Und nun suchte sie nach einer Antwort in der Dunkelheit. Einstmals hatte sie sicher gewusst, dass sie ins Kloster eintreten wollte. Und später hatte sie sicher gewusst, dass sie aus dem Kloster austreten wollte. Aber was hatte sie getan? Zuerst jahrelang besinnungslos gebetet, sich willig und inbrünstig an die Rituale hingegeben ohne sich oder ihr Tun je zu hinterfragen. Und später hatte sie jahrelang besinnungslos gearbeitet. Sie hatte viel geleistet und sie war stolz darauf. Die zerfallene Kirche war gerettet und wurde von Monat zu Monat schöner. Und aus den verfallenen Mauern hatte sie ein gut rentierendes Restaurant gemacht.

Die umgebauten Klausen mit den luxuriösen Schlafzimmern blendete sie im Augenblick aus. Was da ablief, machte sie hilflos. Aber sie sah keine Möglichkeit, es zu unterbinden. Natürlich hätte sie es einfach verbieten können, aber dann wären ihre besten Gäste weggeblieben. Und woher hätte sie dann das Geld für die Umbauten nehmen sollen?

Sie war stolz auf sich und alles lief gut. Alles war gut gelaufen bis jetzt. Und jetzt fingen gewisse Dinge an, sie in den Wahnsinn zu treiben. Sie spürte, dass der Spuk direkt an ihren Nerven zerrte, dass sie nicht fähig sein würde, das alles weiter hinzunehmen und dabei so zu tun, als ob nichts wäre. Und dann dieser Heinrich. Lass Dir helfen, Schwester hatte er gesagt. Was er überhaupt damit gemeint hatte? Jetzt ärgerte sie sich, dass sie über diesen Satz so erschrocken war. Was war denn schon dabei, ein paar Worte, mehr nicht. Es war einfach ärgerlich, dass Heinrich zu vergessen schien, dass sie die Chefin war.

Plötzlich spitzte sie die Ohren. Da war ein Geräusch. Sie riss die Augen auf, als ob sie dadurch im Dunkeln besser hören könnte. Und tatsächlich, da waren Schritte. Leichte Schritte gingen in ihrem Zimmer hin und her, von der Kommode zum Tisch, von Tisch zum Fenster, vom Fenster zur Kochnische, gerade so, als ob da jemand kleinen Haushaltsgeschäften nachginge. Sie horchte gebannt und ärgerte sich, dass sie die dicken Vorhänge gezogen hatte, denn sie hätte gerne kontrolliert, ob sie im fahlen Gegenlicht vielleicht eine Gestalt wahrnehmen könne. Aber im Zimmer herrschte tatsächlich stockdichte Dunkelheit.

Nun begaben sich die leichten Schritte zur Ruhe. Ein Rascheln war zu hören, wie wenn sich jemand in ein Bett niederließe, es kam aus der Ecke hinter dem Sofa. Und dann vernahm sie ein leises Wimmern. Zuerst dachte sie, da weine ein Mädchen, aber es war kein gewöhnliches Weinen, sondern ein Wimmern und Stöhnen voller Pein.

18

Da, da war es wieder, dieses Scheußliche, Unflätige, das sich in ihr breit machte, sich ausdehnte und sie zu sprengen

schien. Sie spürte einen Ziehen und Reißen nach Nirgend-
wohin, es trieb sie fort und nagelte sie gleichzeitig an. Sie
rang ihre nicht mehr vorhandenen Hände, rieb sie aneinan-
der und verknotete ihre Finger und suchte so in der Berüh-
rung ihrer selbst so etwas wie Halt. Und als dies nichts
fruchtete, warf sie ihren nicht mehr vorhandenen Körper an
eine imaginäre Wand, wo sie doch wenigstens für einen Au-
genblick etwas Kühlung fand. Sie stöhnte und wimmerte,
bis sie endlich wieder in ihre ersehnte Besinnungslosigkeit
fiel.

19

Pawel hatte an diesem Morgen eifrig alle ihm zu-
geteilten Ställe geputzt, die Rosse gestriegelt und
sie nach draußen ins Freigehege geführt. Dann
sattelte er den Braunen, dessen Besitzer am Mit-
telmeer in den Ferien weilte und der entsprechend
etwas ausgiebigere Bewegung benötigte. In einem
weiten Bogen ritt er um die Stadt herum und
durch die Buchenwälder auf die alte Kartause zu.
Auf dem Parkplatz saß er ab und führte sein Ross
am Zügel über die sauber geharkten Kieswege,
sorgfältig darum bemüht, dass die Hufe keine Unordnung schufen und insgeheim besorgt, sein
Pferd könnte Äpfel in diese wohl geordnete Welt
fallen lassen.

Er hatte sich nicht genau überlegt, was er wollte
und wie er vorgehen würde. Sicher war nur, er
wollte, er musste Qi sehen. Sie hatte versprochen,
ihn anzurufen, als sie an jenem Morgen, es waren
nun sechs Tage her, von ihm weghuschte. Er hatte

noch halbwegs geschlafen, sie war aus seinen Armen gekrochen, hatte sich behände ihre wenigen Kleider übergestreift, hatte ihm einen Kuss auf die Lippen gehaucht und geflüstert: „Ich ruf Dich an". Und weg war sie. Er hätte sich ohrfeigen können, als er endlich erwachte, dass er nicht wach genug gewesen war um die Arme um sie zu schlingen und sie noch einmal herunterzuziehen zu sich, so dass er sie wenigstens hätte richtig küssen können. Aber er war einfach noch zu benommen gewesen. Und dann war es zu spät. Aber es würde sich ja leicht nachholen lassen.

Meinte er.

Seine größte Sorge jetzt, wo er auf die alten Gebäude zuschritt, war, eine Stelle zu finden, wo er seinen Wallach anbinden konnte. Tatsächlich gab es vor dem Konventsgebäude noch Pfosten mit Ringen, die allerdings von allerhand Gewächsen umgeben waren, die sein Tier wohl unverzüglich anknabbern würde. Hilfesuchend und unschlüssig stand er da. Da kam Qi aus dem großen Tor, als ob sie auf seinen tonlosen Hilferuf reagiert hätte und sagte ohne weiteren Gruß: „Komm mit".

Sie ging an ihm vorbei und hielt unwillkürlich und leicht angeekelt den Atem an, als ihr der Ammoniakgeruch von Pferd und Reiter in die Nase stieg. Sie nahm einen Pfad hinüber zu den ehemaligen Stallungen, die heute nur noch Ruinen waren. Doch es gab in den alten, zerfallenen Mauern einen Unterstand für Pferde, den Christina für ihre betuchten Gäste hatte einrichten lassen. Hier fand Pawel auch alles Notwendige um sein Pferd abzureiben und zu bedecken. Auch etwas Heu und ein

Wassertrog waren vorhanden. Schnell versorgte er sein Tier.

Qi beobachtete ihn. Er sah gut aus. Die elastischen Reithosen umspannten seine muskulösen Schenkel und zeichneten seinen satten, runden Po nach. Sein Shirt war entlang seiner Wirbelsäule verschwitzt und dunkel verfärbt. Auf den kräftigen, gebräunten Armen war das Spiel seiner Muskeln sichtbar und seine gleichzeitig breiten und doch eleganten Hände griffen gezielt und sicher zu. Qi verglich diese Bilder mit denen, die sie sonst kannte, bleiche Haut mit Altersflecken, die sich unter schütterer Behaarung versteckten, schlaffes Fleisch mit wenig Tonus, trockene Magerkeit oder aufgequollene Fülle, ein säuerlicher Geruch, von teurem Eau de Cologne notdürftig überdeckt, ihre verblühenden Kunden, die ihr Alter mit ihrer Jugend düngten.

Nun wandte ihr Pawel sein flächiges Gesicht zu. Seine haselnussbraunen Augen strahlten sie fröhlich und siegesgewiss an. Ein seltsamer Glanz lag auf seinen Backenknochen und Wangen. Etwas in ihr öffnete sich weit und gleichzeitig zog sich etwas in ihr zusammen. Sie war irritiert und fühlte Hoffnungslosigkeit. Aber dies dauerte nur einen Augenblick. Dann riss sie sich zusammen und jetzt übernahm eine Fröhlichkeit, die sie sonst nicht an sich kannte, ihr Handeln. Sie streckte ihm die Hand entgegen, lachte ihn strahlend an und zog ihn aus dem Unterstand.

Pawel hätte die Abgeschiedenheit gerne benutzt und sie an sich gerissen und ihr endlich den Kuss gegeben, den er seit jenem Morgen ununterbrochen in seiner Vorstellung auskostete. Aber irgend eine Barriere hielt ihn zurück. Qi erschien wie abgetrennt von ihm durch ein unausgesprochenes Verbot, durch eine durchsichtige und glasharte Unnahbarkeit, die ihn bannte und zurückhielt. Pawel war verwirrt. Doch er hatte keine Zeit, es richtig zu fühlen, denn schon zog sie ihn gegen das Restaurant und sagte lachend: „Gott sei Dank ist das Wetter so, dass wir draußen servieren, denn so wie du riechst, würdest Du uns sämtliche Gäste vertreiben."

Sie bugsierte ihn an einen Tisch unter einem großen Sonnenschirm und hieß ihn warten.

20

Sie saßen sich gegenüber. Qi hatte Pawel den Teller hoch mit Köstlichkeiten gefüllt, die sie vom reich bestückten Mittagsbüffet geschöpft hatte: Frische Salate und Gemüse aus dem Garten, Krebsschwänze und Stücke von lauwarmem Braten. Pawel ließ es sich schmecken, der lange Ritt hatte ihn hungrig gemacht.

„Iss ruhig ganz viel", meinte Qi besorgt, „wir sind hier ziemlich teuer. Und überhaupt", fuhr sie fort, als sie sich überlegte, dass die Kosten für das Mittagessen sein Studentenbudget ruinieren könnten, „lade ich Dich ein. Du bist mein Gast."

Sie schenkte ihm Mineralwasser nach und sich selber ein Schluck vom Weißwein, von dem sie ebenfalls eine Karaffe herbeigetragen hatte.

„Ich habe Zeit", sagte sie, „ich habe mich umteilen lassen, ich brauche heute Mittag nicht zu servieren."

Pawel aß noch immer schweigend. Er wusste nicht richtig, wie er sich verhalten sollte. Ihre Freundlichkeit stand in einem schroffen Widerspruch zu der Distanz, die sie gleichzeitig schuf, indem sie so tat, als ob nichts zwischen ihnen gewesen wäre. Doch sein Hunger rettete ihn aus der Verlegenheit, vorläufig kaute er einfach und lobte zwischendurch die verschiedenen Speisen.

Eilfertig brachte ihm Qi Süßigkeiten und Kaffee, als er sich durch drei volle Teller hindurchgearbeitet hatte.

„Das Pferd wird mich nicht mehr tragen können", lachte er und dann wurde er unvermittelt still. Jetzt oder nie dachte er und stammelte:

„Qi, ich bin hierher gekommen, weil ich dich liebe."

Sie schlug die Augen nieder und ein Hauch von Röte zog ihr durchs Gesicht. Sie fing an mit dem Gesteck zu spielen, das vor ihr auf dem Tisch lag – sie selber hatte nämlich nichts gegessen – und sagte nichts.

„Qi", flehte Pawel niedergeschlagen, „Sag etwas."

Aber Qi legte nun einfach die Gabel nieder und fing an, die gefaltete Serviette glatt zu streichen. Und dann geschah es: Im Tisch ertönten dumpfe, leise Klopfgeräusche und das Wasserglas bewegte sich im Zeitlupentempo auf den Tischrand zu, ohne dass es von jemandem berührt worden wäre. Qi wurde ganz weiß. Als sie die Augen wieder aufschlug, glitzerten diese herausfordernd und wild. Sie stellte das Glas zurück in die Mitte des Tisches und packte resolut Pawels Hand:

„Komm", sagte sie.

Sie ging ihm voraus durchs Restaurant, das sie durch eine Tür neben der Anrichte verließen. Ein breiter Gang mit einer stattlichen Treppe zeigte sich. Qi riss Pawel die Treppe hinauf. Sie hatte es plötzlich sehr eilig. Im ersten Stock, am Ende des Ganges zog sie ihn durch eine schmale Tür.

Und dann fiel sie über ihn her.

Bei einem nicht endenwollenden Kuss zerbiss sie ihm die Lippen. Dann sank sie in die Knie und drückte ihr Gesicht an sein Geschlecht, das sich unter dem rauen Stoff wölbte wie ein harter Ball. Eine Weile verhielt sie sich bewegungslos, dann öffnete sie den Reißverschluss und zog Reithosen und Slip nach unten. Pawel war nun befreit, doch gleichzeitig gefangen in den Kleidern, die seine Beine umwickelten. Gierig zog Qi den würzigen und gleichzeitig metallenen Geruch seiner Männlichkeit ein, streichelte seinen Penis und knetete sanft die harten Hoden. Dann fing sie an zu saugen und vergrub dabei ihre Nägel in seinem Po. Ihre Bewegungen waren intensiv und rhythmisch und sie steigerte die Geschwindigkeit, bis Pawel aufstöhnte. Kraftvoll stieß er sie von sich, stieg aus den fesselnden Kleidern, packte Qi und warf sie auf Bett. Und während er über ihr war und sich immer wieder in sie versenkte, flüsterte, hechelte und schrie sie immer wieder: „Ja, ja, ja, darauf habe ich gewartet."

21

Als die Welle der Wildheit verebbt war, lagen sie
Arm in Arm. Diesmal weinte Qi nicht, aber sie lag
erschöpft, still wie eine Tote und hielt die Augen
geschlossen. Pawel besah den Raum, der schmal,
schneeweiß und ohne jeden Schmuck war. Es gab
einen Schrank, einen kleinen Tisch mit Stuhl und
das schmale Bett, auf dem sie lagen. Das einzige,
hohe Fenster ging nach hinten, auf den verwilder-
ten, halb zerfallenen Kreuzgarten und die Kirche.

„Ist das eine ehemalige Mönchszelle?" fragte
Pawel und zupfte die versteinerte Qi am Haar.

„Nein, nein", murmelte sie, „das sind die Ange-
stelltenzimmer. Das ist mein Zimmer. Die Mön-
che waren in den Klausen."

Nun schlug sie die Augen auf und drehte sich zu
Pawel.

„Stell Dir vor", sagte sie, „die waren ein Leben
lang in ihren kleinen Häuschen eingesperrt und
kamen nur heraus um in die Kirche zu gehen oder
am Sonntag zusammen zu essen, dort, wo jetzt die
Gaststube ist. Und einmal in der Woche gingen
sie, glaube ich, spazieren und dabei durften sie
auch sprechen. Sonst nicht. Ein verrücktes Leben."

Aber so war es tatsächlich gewesen. Die Mön-
che, oder in diesem Fall die Nonnen, hatten in ihren Klausen einen Wohnraum, einen Schlafraum,
der gleichzeitig ihr Andachtsraum war, einen
Raum, in dem sie arbeiten konnten und ein Gärtchen, in dem sie sich die notwendige Bewegung
verschafften. Das karge Essen wurde ihnen durch

einen kleinen, abgewinkelten Kanal gereicht, so dass sie auch dabei niemanden sahen und nicht abgelenkt wurden von ihren Gebeten und ihrer Meditation. So verlebten sie Jahre und Jahrzehnte der Stille mit sich und ihrem Gott und beteten für das Wohl der Welt und ihrer Kirche.

Der Orden der Kartäuser wurde 1109 vom heiligen Bruno gegründet, der auf eine kirchliche Karriere verzichtete und sich mit wenigen Gesinnungsgenossen in die Einsamkeit zurückzog. Das war die Gründung der Grande Chartreuse bei Grenoble. Das Ziel war es, gemeinschaftlich als Einsiedler zu leben. Bis zur Gegenreformation verbreitete sich der Orden über ganz Europa, in der Blütezeit der Kartäuser gab es 195 Klöster. Die Kirche, die Adligen und andere Mächtige ließen es sich etwa kosten, dass für sie gebetet und meditiert wurde. Sie überließen den Einsiedlermönchen große Güter und Ländereien, die diese mit Hilfe von Laienbrüdern bewirtschafteten. Doch dann kam die Reformation, viele Klöster wurden geschlossen. Aber auch in den katholischen Gebieten verlor sich allmählich der Glaube, dass ein Einzelner in der stillen Klause etwas für die Allgemeinheit erreichen könne. Ignatius von Loyola gründete den Jesuitenorden, der Schulen eröffnete und geschickt in die Politik eingriff. Die weltgewandten Orden wurden interessanter für die Mächtigen. Um die stillen Kartäuser wurde es immer stiller. Die Kartausen wurden von anderen Orden übernommen oder zerfielen. Und mit den napoleonischen Kriegen waren die meisten Klöster ohnehin dem Untergang geweiht. Heute gibt es weltweit noch 24 Kartausen mit rund 500 Mitgliedern, etwa 100 davon sind Frauen. Sie führen das alte Leben der Stille, meditieren und beten in ihren Klausen. Sie schlafen niemals mehr als vier Stunden aneinander, denn sie halten täglich feierliche Gottesdienste um Mitternacht.

„Was?", erstaunte sich Pawel, „das ist Dein Zimmer? Hat man Dir so wenig Möbel gegeben? Warum ist es so leer? "

„Weil es mir so gefällt." Qi schloss die Augen und machte sich wieder steif und steinern. Pawel war plötzlich verzweifelt.

„Qi", sagte er weich, „mach es mir nicht so schwer. Bitte."

Und als sie nicht reagierte: „Erzähl mir, erzähl mir von Dir. Ich weiß ja gar nichts von Dir."

„Was willst Du wissen?"

„Wo bist Du geboren?"

Und nun erzählte Qi, steif daliegend und mit geschlossenen Augen, von ihrer chinesischen Großmutter, der halbchinesischen Mutter und deren Männer, die im Gulag oder sonst verschwunden waren. Von Sibirien, den dicken Kleidern im Frühling, den Mückenschwärmen im Sommer, dem Sumpf in den Straßen im Herbst und der gefrorenen Milch im Winter. Von der miserablen Wohnung im Betonblock, wo das Kondenswasser Wände und Fenster netzte, von der schweren Arbeit der Mutter im Bergwerk. Von der alten Frau in der Datscha, die sie großzog. Und wie sie versuchten, dem zu entfliehen, indem sie nach Westen zogen, sobald sich die Gelegenheit ergab.

„Und dann?" fragte Pawel, als sie verstummte.

„Dann arbeitete ich in Bars in Moskau, bis mich ein Arzt hierher nahm. Von ihm lernte ich auch deutsch."

Pawel schwieg eine ziemliche Weile. Eine Menge von Fragen schossen ihm durch den Kopf, doch er wagte nicht, sie zu stellen, weil er die Antwort fürchtete. Endlich fragte er doch, und seine Stimme war belegt: „Und was ist aus dem Arzt geworden?"

„Der hat mich hierher gebracht", antwortete sie, und ihre Stimme klang vollkommen neutral, „er ist immer noch ein Kunde von mir".

„Also doch", sagte Pawel.

Aber Qi antwortete nicht. Vielleicht wurde sie einfach noch etwas steifer und etwas weißer.

22

Nach dem großen Regen kam nun die Sonne mit ihrer vollen Frühsommerkraft. Die Pfingstrosen explodierten in massiger Fülle und die Rosen füllten den Raum mit ihrem Duft, der sogar bis in die kühle Kirche eindrang.

Heinrich mischte Farben.

„Weißt Du, Schwester", erklärte er ungerührt, obwohl sie bleich und innerlich zitternd vor ihm saß, „das Problem ist die Vergrünung des Azurits. Soll ich, was ich neu malen muss, in der ursprünglichen Farbe machen? Das ist die Frage."

Und dann erklärte er ihr des Langen und des Breiten, dass es schön wäre, mit den Originalpigmenten zu arbeiten, dass die aber im Farbton zu schreiend wären für die noch vorhandenen Teile, vor allem aber für die vielen Vergoldungen, die doch vom Alter matt geworden waren.

Christina hatte nicht die Kraft, ihn in seinem Künstler- und Restauratorenstolz zu unterbrechen. Unter anderen Umständen hätte sie auch verlangt, genau informiert zu werden. Aber jetzt hatte sie andere Sorgen. Sie starrte betrübt auf die ausgetretenen Sandsteinfließen, die seltsame Miniaturlandschaften bildeten, Tafelgebirge mit Hochebenen und Schluchten.

„Heinrich", sagte sie heiser, als er endlich eine Pause machte, „ich bin nicht deswegen gekommen."

Ihre Stimme ließ ihn aufhorchen und er beobachtete sie aufmerksam. Sie sah zermürbt und müde aus, graue Schatten lagen in ihrem Gesicht.

„In meinem Zimmer weint es in der Nacht. Ich kann es nicht mehr aushalten. Ich brauche Hilfe. Darum bin ich gekommen das Bild zu holen, vielleicht hilft mir die Madonna."

Das Bild. Heinrich verspürte einen Stich im Herzen. Das Bild war bei ihm zu Hause. Er liebte es, ja er war ihm verfallen. Jeden Morgen nahm er es als erstes hervor, betrachtete lange und liebevoll jedes Detail, freute sich an den kräftigen Farben und der subtilen Zeichnung. Betrachtete die Kräuter und das holdselige Lächeln der großen, trauernden Mutter. Dann schlug er das Bild liebevoll in eine Wolldecke und versorgte es wieder. Nun würde er es ihr geben müssen, es gehörte ihr. Aber das tat ihm weh.

„Soll ich mal bei Dir übernachten und mir das alles anhören?" fragte er um ein bisschen Zeit zu gewinnen.

Und zu seinem Erstaunen sagte sie ja. Sie schien sogar etwas Mut zu fassen, denn sie schaute wieder etwas lebhafter um sich.

„Man muss doch etwas tun können", sagte sie beschwörend, „wir können das doch nicht einfach so hinnehmen. Es muss doch irgend eine Möglichkeit geben."

Und so kam es, dass Heinrich abends um elf an Schwester Christina Wohnungstür klopfte. Er hatte einen Schlafsack mitgebracht, aber Christina hatte ihm bereits auf dem Sofa ein Bett zurecht gemacht. Sie war bereits im Schlafrock, zugeschnürt bis zum Hals. Heinrich verkniff sich ein Lächeln.

Der kleine Teppich lag noch immer auf der Pfütze und hatte denselben nassen Fleck. Sonst gab es nichts Auffälliges. Die Wohnung war blitzblank und aufgeräumt. Es gab wenige, gut ausgewählte Möbel, eine bequeme Sitzgruppe, ein paar Bilder und einen üppigen Pfingstrosenstrauß, der seinen schwülzitronigen Duft verströmte.

„Was sollen wir tun?" fragte Christina fügsam wie ein kleines Mädchen.

23

Christina hatte nach ihrem Gefühl lange und tief geschlafen, als sie plötzlich auffuhr, aufgeschreckt durch das Geräusch von zerschlagenem Glas. Sie griff fahrig und voller Angst nach ihrem Schlafrock. Etwas Unheilvolles lag in der Luft. Sie zündete die Lampe an und schlich zur Schlafzimmertür. Vorsichtig öffnete sie diese und spähte um die Ecke.

Heinrich saß mit gekreuzten Beinen auf dem Sofa, die Augen weit aufgerissen und mit einem strengen und abwesenden Blick. Sein Atem ging ruhig und außer seinem Brustkorb bewegte sich nichts. Vor ihm aber war dieses Geräusch zu hören, ohne dass etwas zu sehen war: Als ob korbweise Trinkgläser auf den Boden geschüttet würden. Christina sträubten sich die Haare und sie blieb erstarrt im Türrahmen stehen.

Heinrich sagte mit ungewohnt tiefer und seltsam monotoner Stimme:

„Guuut, sehr gut und gleich noch einmal.“

Und wie ob er das Geschehen dirigieren würde, klirrte erneut unsichtbares Geschirr.

„Ja“, Heinrich sang es fast, „das ist gut. Zerschlage noch mehr. Hau drauf, schlag zu. Genier Dich nicht.“

Und dann kamen die Geräusche hintereinander, immer wieder, zerschellendes Glas in Mengen, mal einfach fallend, mal geschmettert. Es war ein Höllenspektakel. Christina fing an zu zittern. Kalter Schweiß schoss ihr aus den Poren. Da traf sie plötzlich ein klarer und fast böser Blick von Heinrich.

„Ins Bett, Schwester“, befahl er schneidend.

Dann verlor sich sein Blick wieder in der Leere. Sie gehorchte.

Vor Aufregung schlotternd und mit den Zähnen klappernd hörte sie weiteres Scherbeln, dann

Kampfgeräusche, Möbelrücken und schließlich zuerst eine schimpfende, dann weinende Frauenstimme. Dazwischen immer wieder Heinrichs Stimme, immer ruhig, befehlend zuerst, dann begütigend, beruhigend, besänftigend. Es war, als ob eine Verhandlung stattfinden würde, unterbrochen durch lange Pausen. Heinrichs Stimme, gerade so, als ob er mit jemandem am Telefon spräche, manchmal aber auch, sich direkt an die Frauenstimme richtend. Einmal meinte sie, Qis Stimme gehört zu haben, aber das musste wohl ein Irrtum sein.

Dann, nach einer endlos scheinenden Zeit wurde es endlich still.

Christina war erschöpft. Sie hatte sich wie in Krämpfen geschüttelt. Nun entspannte sie sich und begann zu weinen. Einmal mehr spielten ihre Nerven nicht mehr mit. Schluchzen schüttelte sie und erschöpfte sie mehr und mehr. Immerhin behielt sie aber noch so viel Kontrolle, dass sie es vermied, laut zu werden. Sie drückte ihr Gesicht ins Kopfkissen und biss sogar hinein um ihr Zähneklappern zu stoppen.

Plötzlich berührte sie eine Hand am Kopf. Sie schrie in Panik auf. Aber es war Heinrich, der ins Zimmer gekommen war. Er drehte ihr Gesicht so, dass sie ihn ansehen musste. Dazu hielt er ihre Hand und ein warmer Strom schien aus ihm zu fließen und in ihren Körper einzutreten.

„Ich weiß, dass es schwierig ist Schwester, und ich wollte nicht grob zu dir sein. Aber nun ist alles ruhig. Ich denke, für die nächste Zeit wirst Du nun Ruhe haben."

24

Heinrich schlief noch, als Christina nach dieser entsetzlichen Nacht verquollen aufstand. Leise huschte sie ins Bad und stellte fest, dass der nasse Fleck auf dem Teppich verschwunden war. Aber sie war noch nicht wach genug um sich zu wundern.

Als sie wenig später ins Restaurant hinüber ging um in Ruhe einen ersten Kaffee zu trinken – sie wollte Heinrich nicht durch Geklapper wecken – bemerkte sie mit Schrecken, dass ein ganzes Gläserregal leergefegt worden war. Alle Gläser lagen zerbrochen davor. Christina watete durch den Scherbenhaufen zur Kaffeemaschine. Doch sie nahm es mit Gleichmut. Sie war zu erschöpft, um sich aufzuregen.

Als sie später, es ging schon gegen zehn, mit einer Kanne Kaffee in ihre Wohnung zurückkam, schlief Heinrich immer noch, doch als sie das Tablett auf den Tisch stellte, schlug er die Augen auf. Er schien sie im ersten Moment nicht zu erkennen, doch dann klärten sich seine Augen und er nickte ihr zu.

„Alles o.k.?", fragte er, schnupperte genüsslich den Kaffeeduft ein und rappelte sich aus den ungewohnt schweren Decken.

Sie nickte bestätigend.

„Nur ein paar Gläser kaputt", meinte sie, bereits wieder kaltblütig.

Sie setzte sich auf den Sessel Heinrich gegenüber. Noch nie war ihr sein Schädel so groß und Ehrfurcht gebietend erschienen. Seine machtvollen dunklen Augen lagen in tiefen Höhlen und hatten den melancholischen Ausdruck, den sie von angebundenen Tieren kannte.

„Was war los?" fragte sie eingeschüchtert.

Heinrich zuckte die Schultern. Was sollte er ihr schon erzählen. Dass er schon als Kind nicht wusste, ob die Menschen, die er sah, Lebendige oder Geister waren? Dass er an seltsamen Orten seltsame Gefühle empfand und wusste, dass ihm diese eingeflößt wurden? Dass er gelernt hatte, seine Furcht vor diesen Kräften in Schach zu halten und es schließlich sogar wagte, diese anzusprechen? Sollte er ihr erzählen, dass er im Gefängnis gar keine andere Wahl hatte, als sich mit der Wut, der Trauer und der Rachsucht der Opfer zu befassen, die seine Mitgefangenen unbewusst mit sich herumschleppten? Nächtelang hatte er mit diesen Geistern gestritten und bei den Wütenden um Verständnis geworben für die fürchterlichen Taten, die ihnen angetan worden waren. Müde war er geworden und frühzeitig ergraut über dieser nicht Enden wollenden Arbeit (denn diese Wesen waren keineswegs weniger starrköpfig als die Leute, die sie nicht wahrnehmen wollten). Wenn er wenigstens hätte malen können, wenn sie ihm wenigstens Farben erlaubt hätten, die Männer von der Aufsicht! Aber nein, er hatte nichts als diese Schemen, nichts als diese Intensitäten, die sich auf ihn senkten und nach seiner Reaktion verlangten.

Heinrich hatte gelernt, nicht über Dinge zu reden, die andere nicht sahen. Er hatte sich angewöhnt, so zu tun, als ob die Räume für ihn so leer wären, wie für alle anderen. Er hatte es schließlich geschafft, sich und seine Äußerungen zu kontrollieren. Er würde die Schwester nur erschrecken, wenn er offen erzählte, wie er mit einer Kraft in Kontakt getreten war, die sich vor Liebe quälte, die sich in Sehnsucht zerrieb, die an ihrer Hoffnungslosigkeit und ihrer Wut zerbrach. Und die sich gleichzeitig mit ihrem Elend brüstete. Die harsch verlangte, dass ihr nun endlich Gerechtigkeit widerfahre, dass ihr ewiger Durst endlich gestillt würde. Sollte er Christina erklären, dass er diese aufgebrachte Weiblichkeit nicht hatte beschwichtigen können, dass er nicht fähig war, ihr Genugtuung, Befriedigung und Frieden zu verschaffen? Und sollte er seine Vermutung äußern, dass diese unselige Kraft das Mitleid einer Frau benötigte, die dieses Wesen in ihr Leben hätte eintreten lassen, wenigstens für diesen kurzen Moment, in dem es sich als Frau erfahren könnte? Oder wie er aus seiner Suche nach Hilfe nur auf weibliche Kräfte gestoßen war, die sich abschirmten, die ihre Ruhe bewahren wollten?

Wie konnte er der harten Christina erzählen, dass er in seiner Hilflosigkeit zu den höheren Mächten um Unterstützung gebetet hatte, in seiner Pein verbunden mit der gepeinigten Seele. Und dass sich ihm schließlich eine Lichtgestalt genähert hatte, so hell, dass er sie nicht erkennen konnte. Diese erklärte sich wortlos und liebevoll bereit, die schwierige Rolle zu übernehmen und dadurch die gequälte Seele zu erlösen. Wie eine Heilige erschien sie Heinrich, wie die Madonna persönlich, und in seiner Schwäche und seinem Trostbedürfnis streckte er die Arme nach ihr aus. Er war unendlich müde und am Ende seiner Kraft, aber er wollte ihr auch seine Dankbarkeit bezeugen. Doch sie entzog sich ihm und schob ihn sanft von sich weg. Dabei fiel ihm ein kleines halbmondförmiges Muttermal an ihrem Ellenbogen ins Auge.

Durch diese Bilder war er geschritten auf einem schweren Gang, und er hatte sich dabei angestrengt, wie ein Bergsteiger auf einer schwierigen Tour, jeden Augenblick gewärtig, abzustürzen. Doch nun trat Stille ein und Heinrich wusste, dass er nicht weiter suchen musste, dass sich die Sache ab jetzt von allein erledigen würde. Jedenfalls hoffte er das. Und das sagte er auch der Schwester.

„Ach, da waren ein paar wilde Energien los." Es klang ganz belanglos und tatsächlich rührte Heinrich in seiner Kaffeetasse, als ob es nichts Wichtigeres gäbe auf der Welt. „Aber ich bin mir fast sicher, dass das jetzt vorbei ist."

Dann fischte er nach einem Brötchen und biss herzhaft zu.

Christina beobachtete sein Kauen. Eine seltsame Zeitlosigkeit berührte sie. Einen Moment lang meinte sie, er wäre ihr Mann und sie säßen beim Frühstück. Es war kein unangenehmes Gefühl. Doch dann rief sie sich zur Ordnung und dachte an ihr Gelübde, das zu halten sie sich geschworen hatte. Und auch daran, dass sie die Chefin war und für Ordnung im Haus sorgen müsse und dass es nicht anginge, sich mit einem Angestellten zu verbandeln. So wischte sie das Bild vom Tisch, bevor es klare Konturen angenommen hatte. Sie überließ Heinrich seinem Frühstück und ging zurück zur Arbeit.

25

In dieser Nacht war etwas mit Qi geschehen. Sie hatte sich unruhig im Bett gewälzt und davon geträumt, dass vor ihr ein ganzes Regal voll Gläsern auf den Boden fiel. Es war nur ein Traum, doch mit den Gläsern war auch etwas in ihr zerbrochen. Und wenn nun auch Ruhe herrschte und die Spukphänomene niemanden mehr quälten in der alten Kartause, so gab es doch noch Aufruhr. Aber er war drinnen in Qi.

Als sie an diesem Morgen erwachte, war ihr, als ob sie kein Auge zugetan hätte. Sie fühlte sich zerschlagen und auch ihr Körper war müde und schmerzte, wie verletzt und geschunden. Qi spürte, dass es nur etwas gäbe, was ihr Erleichterung bringen könnte: eine Berührung von Pawel. Jede Faser ihres Körpers verlangte nach ihm, ihre Haut schrie nach seiner Hand und seinem Streicheln. Und ihr Herz raste vor Angst und Verwirrung, denn solche Gefühle hatte sie noch niemals gefühlt.

Sie flüsterte Pawels Namen wie ein Gebet, in der Hoffnung, es ließe sich irgend etwas beschwören. Aber ihre Inbrunst nützte nichts. Der Schmerz pochte in ihr, die Angst stürzte sie in größte Verwirrung. Da griff sie nach ihren Kleider und rannte die Treppe hinunter zum Telefon. Fieberhaft wählte sie seine Nummer. Aber Pawel antwortete nicht.

Und Qi, die immer heitere, die niemals berührte, verschattete plötzlich und wurde von Schwermut übermannt. Die Panik nahm sie in eisernen Griff.

Was war geschehen? Qi hatte sich verliebt. Sie, die sich allem und allen zugewandt hatte ohne je berührt zu werden, sie die geschützt durch jede Situation hindurchging, in ihre Trance eingegossen wie in undurchdringliches Glas, sie, die bisher selbst das Schlimmste nicht beschmutzen konnte, die so unbefleckt durchs Leben wandelte wie die Wolken über den Himmel ziehen, auch wenn sich unter ihnen Menschen im Getümmel schlachten, sie war hilflos einem Gefühl ausgeliefert, das in ihr selber entstanden war.

Qis Ratlosigkeit war grenzenlos.

Während sie bisher aufgehoben gewesen war durch dieses einzigartige Vertrauen, das sie durch alles hindurch getragen hatte, so verschloss sie sich nun bewusst um ihre Verletzlichkeit zu schützen. Und während sie bisher jede Handreichung und jede Arbeit mit Konzentration und Hingabe geleistet hatte, ganz beteiligt und unbeteiligt zugleich, so wurde sie an diesem Morgen fahrig und unachtsam, vergaß, was sie in ihren Händen hielt. Noch gestern war jede ihrer Gesten wie eine leichte Segnung gewesen, die Gegenstände, Pflanzen und Menschen dankbar entgegengenommen hatten. Nun lag auf ihren Bewegungen Mühsal und Qual. Und es schien, als ob sich Düsternis auf die Kartause senkte, obwohl draußen die Sonne strahlte und ganze Wände von Rosen ihre Pracht und ihren Duft ausschütteten.

Qi erledigte ihre Arbeiten mit Hast. Sobald sie fertig war, rannte sie davon um den Bus zu erwischen, der sie ans andere Ende der Stadt führte.

Sie beachtete nicht die Bank an der Bushaltestelle, wo alles begonnen hatte, sondern ging so schnell sie konnte zum schäbigen Wohnblock, in dem Pawel wohnte. Niemand antwortete auf ihr Klingeln. So setzte sie sich auf die Treppe und wartete.

Aber Pawel ließ sich nicht blicken.

Mit dem letzten Bus kehrte sie zur Kartause zurück. Es war sehr dunkel, als sie den breiten Kiesweg hinunter schritt. Außer ihren Schritten war nichts zu hören. Blütenduft lagerte wie eine dicke Wolke über allem und ließ die Dunkelheit noch dichter erscheinen. Plötzlich gewahrte Qi eine weiße Gestalt zwischen den alten Mauern der ehemaligen Remise. Sie schien ganz langsam den kleinen Weg entlang zu schreiten, nein eigentlich zu schweben, leicht nach vorne geneigt. Mehr war nicht zu erkennen. Doch von dieser Gestalt ging eine solche Trauer aus, dass Qi augenblicklich beklommen wurde. Sie spürte, dass ihr Körper mit Angst reagierte und sich ihre Haut zusammenzog. Doch sie spürte keine Furcht. Nur grenzenloses Mitleid war in ihr, Bedauern für diese leidende Kreatur. Sie hätte sie umarmen und an sich ziehen wollen, doch das Gespenst löste sich auf. Es wurde langsam durchsichtig und verschwand.

Erst jetzt wunderte sich Qi, dass sie es in der Dunkelheit überhaupt so deutlich hatte sehen können, aber sie verfolgte den Gedanken nicht. Irgendwie war ihr klar, dass sie sich selbst begegnet war und da war es eigentlich nicht erstaunlich, dass sie sich auch ohne Licht wahrnehmen konnte.

Die Erscheinung hatte Qi getröstet. Am nächsten Morgen war sie wieder heiter wie gewohnt.

26

Poltergeister, Spuk, Gespenster, Überleben nach dem Tode, Vorauswissen und Gedankenlesen: Die Wissenschaft hat sich schon lange dieser Themen angenommen. 1876 wurde in England die Society for Psychical Research gegründet, der viele prominente Wissenschaftler angehörten, darunter auch Nobelpreisträger. Diese Gesellschaft verfolgt heute noch die gleichen Ziele, nämlich organisiert und systematisch umstrittene Phänomene zu untersuchen. Ihre Mitglieder testeten Sensitive, sammelten unermüdlich Berichte und Beweise und legten Untersuchungen vor, die eigentlich über jeden Verdacht erhaben sind, aber trotzdem immer wieder als nicht vertrauenswürdig kritisiert werden – und das oft von Kritikern, die ihrerseits nicht über jeden Verdacht erhaben sind.

In Frankreich arbeitete ab 1918 das Institut Métapsychique Internationale in der gleichen Richtung. Aufsehen erregte Osty, der in Versuchen mit dem äußerst begabten Medium Rudi Schneider nachwies, dass Unsichtbares fähig ist, eine Infrarot-Schranke zu durchbrechen: Etwas das eigentlich gar nicht da war, löste den mit der Schranke gekoppelten Alarm aus.

An der Duke University in Durham, North Carolina, wurde 1927 ein parapsychologisches Laboratorium gegründet, wo es Professor Rhine und seiner Frau gelang, mit Reihenuntersuchungen Telepathie (Gedankenlesen) und Präkognition (Vorauswissen) mit der stets geforderten Wiederholbarkeit zu beweisen und statistisch abzusichern.

Allerdings wurde danach doch auch wieder behauptet, die Berechnungen seien falsch und wissenschaftlich nicht haltbar gewesen.

Eine nicht enden wollende Kontroverse begleitet das Unerklärliche.

Nicht selten sind Menschen des Typus Saulus, die angetreten sind, um ein für alle Mal den Unsinn der parapsychologischen Erscheinungen zu beweisen und die sich im Lauf der Geschehnisse in gläubige, manchmal sogar abergläubische Paulusse verwandelten. Manche wurden plötzlich fromm, andere verstört oder gar verrückt. Kurz, nach Jahren der Forschung herrscht noch immer ein wildes Hin und Her der Meinungen.

Nicht nur gewisse Phänomene sind nämlich seltsam, sondern auch gewisse Menschen. Und da es sich um einen Glaubenskrieg handelt, wird nicht gerade sanft gekämpft. In diesem Krieg geht die Vernunft verloren. Und die Stimmen, die nichts anderes verlangen, als dass man genau hinschaut und untersucht, gehen im Schlachtenlärm verloren. Dabei ist es nichts als vernünftig, sich zu fragen, wie es kommt, dass rund um die Welt von etwas erzählt wird, dass es vielleicht gar nicht gibt.

Ein weiteres Hindernis auf dem Weg zur Klarheit sind die Medien, d.h. die Personen, die behaupten, über übersinnliche Fähigkeiten zu verfügen. Diese Menschen sehen sich von Kind auf in eine Außenseiterrolle gedrängt. Viele sind deswegen exzentrisch und seltsam geworden, was keineswegs verwunderlich ist. Ohnehin funktionieren sie nicht so zuverlässig wie ein Arbeiter am Fließband und sind entsprechend schwierig zu untersuchen. Man stelle sich ihre Lage vor: Die Umwelt begegnet ihnen mit einer Mischung aus übermäßigem Interesse und Misstrauen. Kein Wunder, sind viele von ihnen gelegentlich bei Betrügereien erwischt worden. Sie erklärten es mit dem Erfolgsdruck oder auch mit heimlichen Rachegelüsten. Gelegentlich war ihnen nicht einmal klar, dass sie manipulierten.

Doch auch diese bewiesenen und eingestandenen Betrügereien beweisen nichts. Denn die gleiche Person, die in einem Fall beim Schubsen und Nachhelfen erwischt wurde, hatte in anderen Momenten unter scharfer Bewachung, beobachtet von Dutzenden von Augen, festgehalten von vielen Händen, abgetrennt durch Wände etc. Unerklärliches bewirkt.

So herrscht noch weitgehend Ratlosigkeit diesen Erscheinungen gegenüber. Doch dass sie existieren, darüber ist keiner im Zweifel, der die Fachliteratur gründlich studiert hat und vor allem, der selber Unerklärliches erlebt hat.

„Ich hatte niemals daran gedacht, je an Geister zu glauben – bis ich selbst einen Geist mit meinen eigenen Augen gesehen hatte", sagte der Sänger Sting in einem Interview von Radio 2 der BBC. Er schreckte eines Nachts aus dem Schlaf auf und sah eine Frau mit Kind im Schlafzimmer stehen. Zuerst meinte er, es sei seine Frau, doch als diese neben ihm erwachte, sah auch sie die Erscheinung. In dem sehr alten Haus, in dem die beiden lebten, ereigneten sich auch andere Spukphänomene: Stimmen ertönten, Gegenstände flogen herum.

Im Val Sinestra geht in einem Hotel ein Geist

um: Fenster öffnen sich, Schlüsselanhänger pendeln hin und her, Grollen ertönt und erschreckt gelegentlich Gäste. Besonders auf der Etage der alten Badabteilung soll immer wieder Unheimliches erlebt worden sein.

Schon nur aus Respekt den Menschen gegenüber, die dem Unerklärlichen begegnet sind und die Mühe haben, ihre Erlebnisse einzuordnen und zu verarbeiten, wäre es nötig, vorurteilsfreier mit den unheimlichen Gegebenheiten der Welt umzugehen.

27

Heinrich öffnete den Schrank und holte die Pietà hervor. Sorgfältig, als ob es ein Baby wäre, trug er das Bild zum Tisch und wickelte es aus der dicken Wolldecke. Er war zufrieden, sein Einsatz hatte sich gelohnt. Schwester Christina hatte nach der letzten Spuknacht nicht mehr weiter nach dem Bild gefragt. Mit glänzenden Augen besah er es, doch diesmal ging es ihm nicht darum, die vielen, wundervoll gemalten Details zu bewundern. Diesmal blieb sein Blick forschend und kühl. Er hatte beschlossen, dieses Werk zu kopieren und nun überlegte er, wie er dabei vorgehen wollte.

Heinrich fragte sich nicht, warum ihm dieses Bild so wichtig war. Er wusste einfach, dass er sich nicht davon trennen wollte. Und nun ging es darum, die dafür notwendigen Voraussetzungen zu schaffen. Und dies bedeutete, dass er ein nicht unterscheidbares Doppel herstellen musste.

Eine alte Holztafel zu finden, wäre kein Problem, davon hatte es in der Kirche genug. Das Aufwendigste war wohl, die genaue Zusammensetzung der verwendeten Farben herauszufinden. Doch da hatte er glücklicherweise Beziehungen zu den entsprechenden Labors, die ihn auch bei der Kirchenrenovation unterstützt hatten.

Heinrich war ein begnadeter Maler, auch wenn er in seinem Leben nur wenig gemalt hatte. Jedenfalls behauptete er das, wobei allerdings etliche Leute behaupteten, er hätte eine ganze Reihe von alten Meistern produziert, die in berühmten Museen hängen. Auch wenn er keineswegs über jeden Verdacht erhaben war, so fand der Gefängnisdirektor, dass Heinrich mit zwölf Jahren genügend gebüßt hatte und empfahl ihn mit Wärme Christina, von deren Kirchenrenovation er gehört hatte. Christina nahm ihn mit Vergnügen auf, nicht nur, weil er billig zu haben war, sondern auch, weil es ihr gefiel, einem gefallenen Schaf auf die Beine zu helfen.

Heinrich erwies sich als Glücksfall. Sein Fachwissen war enorm, sein Geschmack zuverlässig. Was immer er bearbeitete, es wurde perfekt. Das hatte man auch von den gefälschten Banknoten gesagt, die ihn ins Gefängnis gebracht hatten.

Heinrich nahm das Gefängnis mit Gleichmut hin. Es sah es als äußeres Zeichen für den inneren Zustand, in dem er sich seit jeher befand. Er war kein Mensch wie die andern. Er hatte eine andere Wahrnehmung. Und entsprechend war er ausgeschlossen von der Welt, eingeschlossen in seinem eigenen Kosmos. Und das fühlte sich an wie ein

Gefängnis. Nur dass sie ihm keine Farben gaben – sie behaupteten, sie hätten dafür kein Geld und die paar Batzen, die er verdienen konnte, reichten nicht für Farben der Qualität, die er benötigte – dies machte ihm schwer zu schaffen. Doch bald merkte er, dass darin auch eine Chance lag, denn nun begann er im Kopf zu malen. Er stellte sich alles im Detail vor, sah alles vor sich, entwarf in seiner Vorstellung die größten und kompliziertesten Gemälde. Und was das Wundersame war, das Bild wurde so konkret in ihm, dass er zu jeder Stelle zurückkehren und diese betrachten konnte, als ob das Bild vor seinen Augen stünde. Und nie legten sich Trübungen, Schleier oder Ungenauigkeiten auf seine Vorstellung. Heinrich verlor das Bedürfnis, zu malen.

Doch die vorgestellten Bilder waren nicht alles, was Heinrich sah. Er sah die dunklen Gestalten der Opfer, die um seine Mitgefangenen hingen, das dumpfe, unbewältigte Leid der einen und der andern. Es verfolgte ihn auf Schritt und Tritt und belastete ihn, denn er musste immer fürchten, dass es auf ihn übergehen könnte. So wich er der Finsternis aus, wo er konnte und verkroch sich in seine Zelle, wenn immer es möglich war. Dort konnte er mit seinen Vorstellungen allein sein. Und das war ein guter Zustand. Der beste seines Lebens bisher, denn er musste nicht einmal mehr malen um mit Schönheit umgeben zu sein.

Doch eines Tages tauchte zwischen seinen imaginären Leinwänden der Polizeibeamte auf, den seine Kumpanen erschossen hatten, als er sie beim Verladen der Blüten überrascht hatte. Heinrich erschrak nicht besonders. Er fühlte sich schuldig und wunderte sich nicht, dass dieses Gefühl eine sichtbare Form annahm. So beteuerte er denn auch, wie leid es ihm täte und sagte dem Geist, dass alles ein dummer Zufall gewesen sei und niemand es auf ihn persönlich abgesehen hatte. Doch der Geist wollte sich mit diesen Erklärungen nicht begnügen. Heinrich merkte bald, dass er ein paranoider Charakter war, der Zeit seines Lebens das Gefühl gehabt hatte, jedermann sei hinter ihm her. Erst nach nächtelangen Diskussionen – Heinrich fluchte manchmal und sagte sich, er sei doch kein Psychiater – entspannte sich das Phantom allmählich und war bereit, ins Nichts zu verschwinden. Sie waren inzwischen so etwas wie Freunde geworden und Heinrich vermisste ihn fast, als er nicht mehr erschien.

28

Pawel war in sich zerrissen. Obwohl er es geahnt hatte, dass Qi sich prostituierte, so war er nun doch entsetzt. Vor allem auch, dass sie es so unumwunden zugab und sich kein bisschen zu schämen schien. Sie hatte davon gesprochen, als ob es das Selbstverständlichste der Welt wäre, dass es diesen Kinderarzt noch in ihrem Leben gab. Die Vorstellung, sie zu teilen, sie in den Armen anderer zu wissen, machte ihm körperlich übel. Darum war er schnell und entsetzt vor Qi geflohen.

Kaum aber war er wieder eine Weile für sich allein gewesen, fing sie an, ihm zu fehlen. Etwas in ihm floss ständig in ihre Richtung, etwas zwang ihn, an sie zu denken, ihr Haar in der Sonne zu sehen, zu wünschen, dass er sie berühren und streicheln könne. Sein Zimmer schien ihm noch leerer, noch trister, noch armseliger als sonst. Seine Pläne, in die er so viel Überlegungen und Wünsche investiert hatte, erschienen als sinnloses Gekritzel. Trotzdem, sie waren das einzige, was ihm im Moment noch blieb. Und so stürzte er sich in die Arbeit, rannte noch einmal in die Bibliotheken um zu studieren, wie die alten Meister die immer gleichen Probleme gelöst hatten. Und endlich brachte er seinen Plan in die endgültige Form und reichte ihn zur Beurteilung ein.

Nach dieser Anstrengung – die Verwirrung über Qi hatte seine Energie beflügelt – sackte er in sich zusammen. Nun war der schäbige Tisch in seinem Zimmer leer und ihm blieb nichts als das Warten auf das Urteil des gestrengen Professors, das er fürchtete wie ein Todesurteil. Zum Glück gab es noch seine Pferde. In der Nähe ihrer warmen Bäuche fand er Augenblicke der Ruhe. Voller Hingabe putzte er die Ställe, mehr als ihm zugeteilt waren, sauberer als es verlangt war. Und die großen Tiere schienen sein Elend zu fühlen und sahen ihn mit ihren großen, dunklen Augen an, in denen sich alles und nichts spiegelte, in denen sich alles zu verbergen schien, was traurig und unaussprechlich war. Begierig sog er ihren strengen Duft ein, der das feine Parfüm von Qis besonnten Haaren, der ihm in der Nase lag, gnädig zum Verschwinden brachte. Und sein Körper nahm dankbar die leichten Stöße entgegen, wenn sie ihn mit ihren Nasen und ihren Bäuchen schubsten und stießen. Wie schön war es, mit Denken aufzuhören und sich aufzulösen in diesen dunklen Kojen, in diesen Tieren und ihrer Ausdünstung. Und sich geborgen zu fühlen im Einverständnis mit der sprachlosen Kreatur.

Dann kam die Projektbesprechung an der Uni. Die eingereichten Vorschläge wurden verglichen und diskutiert. Pawels Werk, für das er seine Seele verbrannt hatte, wurde kaum erwähnt. Hingegen konnte der Professor nicht aufhören, die kühne Dachlinie eines andern Entwurfs zu loben, obwohl, Pawel sah es mit Bitternis, alle Kinderzimmer nach Norden gerichtet waren und auch sonst so ziemlich alle Regeln verletzt worden waren, die ihnen der Professor im Lauf der vergangenen drei Jahre eingebläut hatte.

Diese Niederlage gab Pawel den Rest. Nach einer schlaflosen Nacht floh er zu Qi.

29

Sie hatte ihn erwartet und empfing ihn heiter, wie sie die vergangenen Tage in Freude und Heiterkeit verbracht hatte. Während sie in seltsamen Ritualen Pfingstrosenblätter auf die weißen Leiber ihrer Kunden streute, und diese mit der Zärtlichkeit und Frische des Pfingstrosenduftes berührte, hatte sie an Pawel gedacht. Sie hatte sein Gesicht vor sich gesehen und sich mit diesem Anblick begnügt. Alle Ungeduld war von ihr gewichen. Sie wusste, dass er wiederkommen würde.

Und mit dem Überschwang, mit dem die Rosen ihre Sträucherleiber mit Blüten besetzten, mit der Verschwendung, mit der die Blumenwolken seelenerschütternde Duftschauer durch die Gegend trieben, mit dem Reichtum und der Euphorie eines Junitages empfing sie ihn, sonnig, aber nicht brennend, warm aber nicht schwül. Sie nahm ihn auf, in ihren Leib, der weich und kühl war, wie ein Teich im Wald, der sich ihm öffnete und sich vor ihm teilte, wie schwarzes Wasser, das im Schatten liegt. Und während sich ihre Sanftheit auf ihn übertrug, nahm er sie endlich einmal mit der Zärtlichkeit, die sie verdiente, mit der sanften Samtigkeit eines Rosenblattes, in dessen Kühle sich die ewige Glut stets von neuem entzündet.

Was gab es Vollkommeneres, als diese beiden Körper in ihrer Umarmung, inmitten von Rosenbüschen und Pfingstrosensträuchern, inmitten von Blüten, die leicht wie Gischt von langen, ausladenden Ranken quollen oder ihre schweren, wilden Köpfe kühl über ihre Haut beugten. Denn Pawel und Qi lagen im verwunschenen Gärtchen einer der Klausen und genossen ihre besondere Art der Kontemplation. Christina war seit Tagen krank und so hatte Qi es gewagt, ihren Liebsten in eines der märchenhaften Gästezimmer zu führen. Und während sie nun so lagen und sich streichelten und kosten und mit ihren Fingerspitzen abwechselnd Haut und Blütenblätter berührten und prüften, waren sie so glücklich, dass sie sogar die Ameisen liebten, die kitzelnd über ihre Körper liefen und sie gelegentlich mit einem sanften Biss erschreckten.

Keiner sagte ein Wort. Es war, als ob sie Wesen

wären, die der Sprache noch nicht mächtig sind.
Doch mit jeder Bewegung in den Büschen bewegten auch sie sich, in der gleichen, trunkenen Sanftheit, wie die Frühsommerluft durch die Pflanzen
strich um sie in Liebesüberschwang zu streicheln,
überall, und selbst die Stacheln und Dornen nicht
ausließ.

Sie dämmerten ein und schliefen selbstvergessen,
bis die Sonne unter die Zweige kroch und sie mit
Abendhitze weckte. Und aus der Taubheit ihrer
verschlafenen Glieder stieg erneut Zärtlichkeit, die
sich nicht genug tun konnte mit Tasten, Berühren,
Prüfen und Schmecken. Noch einmal fing alles
von vorne an, noch einmal maßen und untersuchten sie sich von Kopf bis Fuß, ließen sich nun
auch Zeit für Einzelheiten wie Achselhöhlen und
Ohren, verwickelten die Finger in komplizierten
Mustern ins Haar, und erforschten mit liebender
Neugier ihre Geschlechter, die noch einmal aufblühten im gleichen Übermaß wie die Blumen
rund um sie. Und der salzige Meergeruch mischte
sich mit dem Süßen der Rosen, als ob in diesem
Moment alle Gegensätze ineinander verschmelzen
müssten, als ob die Welt in einem Punkt zusam-
menfallen wollte, als ob Nord und Süd oder Ost
und West sich in einer großen Hochzeit zusam-
menfänden.

30

Wie ist es nur möglich, dass unzählige Unvoll-
kommenheiten zusammen Perfektion ergeben? Sie

sehen aus wie schlecht gebügelte Seide und haben abgenutzte und zerfetzte Säume. Ihre Farben sind ausgewaschen wie nach tausend Waschgängen, die Ränder von einer unerbittlichen Sonne gebleicht. Jedes einzelne Blatt einer Pfingstrose ist ein unordentliches Nichts. Aber zusammen ergeben sie ein kindskopfgroßes Mandala des göttlichen Überflusses. Gibt es größeren Reichtum, schöneren Überfluss, wilderes Wirbeln an Ort? Schlampiges sich Räkeln, unbeabsichtigtes sich Entfalten. Und dann die Duftschwälle, die sie ausstoßen, in einem nicht erkennbaren Rhythmus, wie eine Dampflokomotive, die von Zeit zu Zeit eine weiße Wolke zusammen mit einem schrillen Signal aufsteigen lässt. Pfefferwolke, Rosenwolke, Vanillewolke, Süße- und Gewürzwolke, unterlegt mit ein wenig düsterem Modergeruch, gerade genug um daran zu erinnern, dass auch sie die Bitterkeit der Existenz werden schmecken müssen, dann wenn der Regen ihre fedrige Herrlichkeit verklebt und ihre sanfte Farbenpracht in matschiges Braun verwandelt. Oder, falls ihnen dies erspart bleibt, wenn ihre Blätter mit einem leichten und trockenen Klacks auf den Kieselsteinen landen, eines zuerst nur, wie eine Schneeflocke und dann der ganze Globus an Schönheit, an Fülle, an Duft. Und nichts bleibt übrig als die grünen, dicken Fruchtknoten, wie Stümpfe eines Amputierten, wie gekappte Finger, die doch eben zu einem ewigen Schwur ansetzen wollten.

Doch noch ist es nicht so weit. Noch blühen sie, Ball an Ball, Kopf an Kopf, in rosa überhauchtem Weiß und weiß gepudertem Rosa, in Dunkelrot, leuchtend wie Neon und verbotene Geheimnisse, in Pink, giftig und grell wie das darunter sprießende Gras. Andere sind cremefarben wie alte Seidenvorhänge, marmoriert mit bläulichroten Adern, Hände von alten, sehr edlen Damen. Und das gefiederte Laub federt sie ab wie ein Bett, trägt die Blüten wie das Meer seine Gischt, schaukelt sie in einem selbstvergessenen Tanz der eigenen Freude.

Und die Bienen werfen sich trunken ins gelbleuchtende Zentrum dieser Heiligtümer und wälzen sich vor Entzücken übergeschnappt im Goldstaub der Blütengefäße, in einer Heftigkeit und einer Eile, als ob ein heiliger Wahnsinn sie erfasst hätte. Und die Ameisen pilgern in Scharen, umkreisen in langen Reihen emsig die Tempel der Freude und versinken reihenweise im Gewühl der zerknitterten Blütenblätter. Und diese lassen sich nichts anmerken, nicken mit ihren schweren Köpfen und senden Düfte aus, schwer von Parfüm und doch so leicht, dass es die Seele beflügelt, sie weitet und zum Schmetterling macht, der sich in irgend etwas stürzen möchte, von dem er fürchtet, dass es nicht existiert, der sich ertränken möchte in einer Substanz, die dünner ist als Luft, der vergeblich versucht, sich im kalten Licht des Vollmonds zu verbrennen.

31

Die Mädchen hatten Christina einen Strauß Pfingstrosen auf den Fenstersims gestellt und ihr Duft erfüllte das Zimmer. Aber Christina achtete nicht darauf. Sie dachte nach, wälzte Gedanken hin und her.

Sie lag nun schon seit zehn Tagen im Bett. Der Arzt hatte nervöse Erschöpfung diagnostiziert, als sie zu ihm kam und sich über Müdigkeit und Schwindel beklagte, wobei ihr das Wasser in die Augen schoss und sie nur mühsam ein Zittern in der Stimme verbergen konnte. Er zapfte ihr Blut ab, fand aber alles in bester Ordnung und versuchte, sie zur Kur zu verschicken. Doch das wollte sie nicht. Aber sie versprach ihm hoch und heilig, mindestens eine Woche lang das Bett zu hüten. Und dies hatte sie auch getan.

Die ersten drei Tage schlief sie praktisch durch, versorgt von ihren Mädchen, die ihr Tee und leichte Mahlzeiten ans Bett brachten, ihr die Hand hielten und sie verschüchtert fragten, was sie für sie tun könnten. Ihre gestrenge Chefin so hilflos liegen zu sehen, machte sie selbst unsicher und trostbedürftig. Aber sie antwortete nur träge, dass sie nichts brauche und dass sie sich bitte einfach ganz genau an die gewohnten Regeln halten sollten. Dann versank sie wieder in ihre tiefe Bewusstlosigkeit, aus der sie ohne Erinnerung an Träume aufwachte. Als sie endlich ausgeschlafen hatte, zitierte sie den Küchenchef ans Bett. Nachdem sie sich davon überzeugt hatte, dass er in den letzten Tagen auch ohne ihren Beistand gut zurecht gekommen war, ließ sie ihn in der Folge weiter allein kutschieren. Und tatsächlich gab es keine Reklamationen. Die Gäste kamen wie bisher und verließen zufrieden das Haus. Manche hinterließen kleine Billets, in denen sie ihr gute Besserung wünschten. So ging alles seinen friedlichen Lauf und Christina gönnte sich endlich tatsächlich auch etwas Frieden.

Wie lange hatte sie sich schon keine Zeit mehr genommen um nachzudenken? Hatte sie überhaupt schon jemals nachgedacht? Sie lag im Bett, schob sich das Kissen unter den Kopf, genoss es, sich auszustrecken, drückte das stets überlastete Kreuz in die Matratze und sah in den Raum, der ihr gehörte, und den sie liebte und den sie noch kaum jemals in Ruhe betrachtet hatte.

Die Fenster waren tief in die dicken Mauern eingelassen und in kleine Vierecke eingeteilt. Um sie herum wucherten Rosen, die zum Teil schon blühten und daneben Unmengen von grünen Knospen zeigten. Die schweren Vorhänge waren zur Seite geschoben und von fingerdicken Kordeln zur Seite gebunden. Mattes, schattiges Licht drang herein, denn ihre Zimmer gingen auf den ehemaligen kleinen Kreuzgarten und sahen auf die rückwärtige Fassade des Refektoriums mit Küche und Kreuzgang. Der Brunnen, den sie vor ihrer Wohnung hatte installieren lassen, plätscherte mild. Und Duftwolken wehten von der Pfingstrosenallee herüber.

Es war so still, dass Christina ihre eigene Anwesenheit hörte, ihren Atem, ihr Herz, Geräusche am Kehlkopf und im Bauch. Da bist du, schienen sie zu sagen, und was jetzt?

Und wer war sie? Da hatte es einmal diese Nonne gegeben, die um das Gefühl der Gotteshingabe kämpfte und doch immer wieder nur bei ihrer hartnäckigen Willensanstrengung landete. Und dann hatte es diese Ex-Nonne gegeben, die mit hartnäckiger Willensanstrengung versucht hatte, die Dinge in den Griff zu kriegen und, ohne es zu wollen, von Instinkten getrieben, in der totalen Geschäftstüchtigkeit gelandet war. Bis es zu spuken anfing und die Gefühle hervordrangen. Gefühle, mit denen sie so wenig anzufangen wusste, wie mit einer Wasserpfütze auf dem Parkett.

Sie sah in ihren Raum, betrachtete den Schrank aus Kirschbaumholz mit den schön gedrechselten Säulen und den schlanken Biedermeierstuhl daneben. Eigentlich war sie zufrieden mit sich. Sie hatte es weit gebracht. Und was sie geschaffen hatte, war gut (einmal abgesehen von der Geschichte mit den Mädchen, die sie in Gedanken vorsichtshalber umtrippelte).

Aber wo war sie geblieben? Was hatte sie für sich erreicht? Das Gotteshaus war zwar gerettet, aber was hatte sie damit bewirkt? War es ihr leichter ums Herz geworden? Hatte sie Frieden gefunden? Sie hatte ein florierendes Unternehmen und sonst nichts. Punktum. Konnte man sich eigentlich mehr wünschen? Und wenn ja, was?

Christina hatte keine Antworten. Aber sie fühlte, dass die Zeit gekommen war, sich diese Fragen zu stellen. Sie spürte auch, dass es eine Antwort geben müsse, denn etwas in ihr war hungrig nach irgend etwas. Aber nichts eilte. Sie drückte sich lustvoll in die Kissen und beschloss, nicht eher aufzustehen, als bis sie Klarheit erlangen würde.

Sie sog jetzt den Blütenduft ein. Die Luft war frisch und kein bisschen schwül. Der Spuk war vorbei, sie spürte es. Nun galt es, neu anzufangen.

Mit ihrem hartnäckigen Willen schaute sie zufrieden in den leeren Raum vor sich und wusste: Hier würde sich die Zukunft bilden, die sie brauchte. Wie schön, dass sie im Bett darauf warten konnte.

32

Wie gut hatten es doch die Menschen im Mittelalter. Sie glaubten an Dämonen, Hexen und Teufel. Und wenn immer etwas Ungewöhnliches vorfiel, wussten sie, wem sie die Schuld dafür in die Schuhe schieben konnten. – Und ist es nicht so, dass ein Problem keines mehr ist, wenn man jemandem die Schuld daran geben kann?

Seit Freud und Jung nachgewiesen haben, dass es sich bei den Dämonen fast immer um unbewusste oder abgespaltene Teile der Psyche handelt, sind wir grausam auf uns selbst verwiesen worden. Sind wir am Ende die Auslöser parapsychologischer Phänomene?

Worum handelt es sich eigentlich? Die wichtigsten und am besten untersuchten der seltsamen Phänomene sind Telepathie, Präkognition und Psychokinese. Die Telepathie untersucht das Wissen, das Menschen oder Tiere haben, ohne dass es eine erklärbare Quelle gibt. Wenn Tiere im Voraus auf Erdbeben reagieren, spüren sie vielleicht eine Vibration. Aber wie erklärt sich, dass in Wien am Tag vor einem Großbrand die Tauben das Gebäude zu meiden anfingen?

Das Unerklärliche an der Telepathie haben sich

die Forscher dadurch erträglich gemacht, dass sie davon ausgehen, dass es einen „Sender" gibt, der das Wissen hat und einen „Empfänger" der ihm dieses abzapft. Diese Erklärung verschafft vorerst einmal Erleichterung. Aber sie reicht nicht weit. Schwieriger aber wird es nämlich, wenn Aussagen gemacht werden, über Dinge, die nur ein Toter wissen kann. Wird dann das Jenseits angezapft? Existiert ein solches überhaupt? Oder schwebt das Wissen wie eine Wolke im Raum, als Akasha-Chronik, in der alles Existierende verzeichnet ist, wie die Inder behaupten. Oder als morphogenetisches Feld, das sich ständig durch das Dazuerlernte der Weltenbewohner erweitert?

Präkognition, Vorauswissen. Dabei wird die Zukunft angezapft. Dies stellt die Zeit als linearen Ablauf, wie wir das erleben, in Frage. Ein Problem, das für Einstein keines war, postulierte er doch die Relativität der Zeit. Uns allerdings bleibt es doch als Problem erhalten, denn wenn es die Zeit nicht gibt, wie erklärt sich dann, dass wir alt werden, weißhaarig und runzelig?

Wenn es sich bei Telepathie und Präkognition um Wissen handelt, geht es ja noch, das ist etwas Abstraktes, etwas das sich ohnehin weder greifen noch genau festlegen lässt. Im Gegensatz dazu ist Psychokinese geradezu eine bösartige Knacknuss. Hier geht es um Dinge, die sich berühren, sehen, wägen und messen lassen, die sich aber weigern, sich so zu benehmen, wie wir das von solchen Dingen im allgemeinen gewöhnt sind. Die Physik lehrt, dass es keine Bewegung ohne Energie, ohne Anstoß gibt. Und dass diese Energie durch die

Trägheit der Masse gebremst werden müsste. Ungeachtet dieser anerkannten Gesetze setzen sich aber Gegenstände in Bewegung, fliegen in unmöglichen Flugbahnen und beschleunigen sich sogar. Sie durchdringen Wände und treten aus Körpern. Oder: Geräusche entstehen ohne dass ein Auslöser feststellbar ist. Eine Energie setzt Schallwellen in Bewegung, die das Ohr zum Vibrieren bringen und auf Tonbändern festgehalten werden können. Wie ist das möglich?

Es gibt dazu verschiedene Hypothesen und keine erklärt wirklich etwas. Die einfachste ist auch die älteste: Es sind Geister. Es sind die Seelen Verstorbener oder die Energien von Dämonen, die sich im Hier und Jetzt bemerkbar machen. Überzeugend wirkt diese Theorie für den ortsgebundenen Spuk, für Gespenster, die über lange Zeit an den gleichen Orten auftauchen und von verschiedenen Zeugen beobachtet werden. Aber, selbst wenn das stimmen würde, wäre es noch keine Erklärung dafür, warum diese Geister die Gesetze der Physik außer Kraft setzen können. Und am genau gleichen Muster kranken die Erklärungsmodelle, die besagen, dass es abgespaltene und unbewusste Teile der Psyche sind, die sich in Poltergeistphänomenen ausdrücken. Wenn mein versteckter Zorn Lampen zum schwingen bringen kann, warum muss er sich dabei nicht ans Trägheitsgesetz halten?

Immerhin, eine wichtige Beobachtung haben die Forscher gemacht: Immer wenn es zu unerklärlichen Phänomenen kommt, besteht ein starker psychischer Druck unter den vom Spukfall betroffenen Personen. Oft sind es Pubertierende, die sich mit ihrer Rolle im Leben nicht zurechtfinden, oft Menschen in einer Lebenskrise. Starke, emotionale Beteiligung funktioniert ganz offensichtlich als Katalysator für parapsychologische Erscheinungen. Aber nach welchen Gesetzen diese ablaufen, ist nach wie vor ein Rätsel.

Vielleicht will es auch ein Rätsel bleiben. Vielleicht gibt es ein Gesetz, das besagt, dass nicht alles erklärbar sein darf.

33

Heinrich ließ Eigelb in die gemahlene Sieneser-Erde tropfen und zerrieb alles sorgsam im Mörser. Wie ein Alchimist hatte er seine Farbpalette aufgebaut, giftige Metalle verrührt, unscheinbare Pulver vermischt, gerieben, geknetet, verfeinert und nun war alles bereit, die Bildtafel grundiert. Nun zündete er den Diaprojektor an, richtete ihn auf seine Staffelei, regulierte die Größe, so, dass das projizierte Bild genau mit dem Holz übereinstimmte. Und dann begann er zu malen.

Kein Mensch konnte nachvollziehen, was in ihm vorging, wenn er den Pinselstrichen eines alten Meisters folgte. Ihm war, als ob er sich verwandelte, als ob eine fremde Macht seinen Arm führen würde, ihn die richtigen Mengen von der richtigen Farbe von der Palette tupfen ließe. Er spürte seiner Bewegung nach und beobachtete gebannt die Pinselstriche, die er setzte und die er sich niemals zugetraut hätte, sich und seinem Arm.

Die Grundflächen waren bald gemalt. Das helle Grün der Wiesen, das dunklere Blaugrün des Waldrandes im Hintergrund, der hellblaue Himmel. Und das sanfte Rot des Mantels und das tiefe Blau des Kleides der heiligen Frau. Und der Körper des Herrn, getöntes Bleiweiß, gebogen wie ein Gewölbe. Heinrich unterbrach mit Bedauern um die erste Farblage trocknen zu lassen. Aber er blieb vor seiner Arbeit sitzen und betrachtete einmal mehr die Einzelheiten des Bildes, das er nächstens mit feinsten Pinseln nachzeichnen würde, die Gräser mit Knoten in den Stängeln und scharfen, schmalen Seitenblättern, das putzige Kaninchen, das an ihnen knabberte und sich an die Füße der Madonna schmiegte, die Hummel, die trunken zwischen den Akeleien herum taumelte, die kleine Katze auf dem Baum im Hintergrund, die nach den Spatzen auf den Ästen schielte, die große Weinbergschnecke, die sich um einen Haselzweig gewickelt hatte. Und dann die Kräuter, die aus dem Leichnam wuchsen: Strahlend blühender Löwenzahn aus der Stirn, Huflattich aus dem Oberschenkel, die gelben Blümchen wie kleine Sonnen, ein blütengesprenkeltes Moospolster auf der Brust, blaublumige Veronika, die wie ein Wasserquellchen aus dem Nabel wucherte, mit einem roten Marienkäfer, der sich zwischen die rundlichen Blättchen wühlte. Kleine, feine Grasbüschel über den ganzen Leib verstreut, gelegentlich eine filigrane Graslilie zwischen den grünen Streifen. Und das alles brach lebendig und üppig aus dem durchsichtigen, weißvioletten Leichenfleisch, das an den aufgerissenen Bruchstellen Blicke auf braunrotes

Inneres freigab und das sich weich und willig öffnete wie die Erdkrume. Und Heinrich wurde das alles selber was er sah, das Zerstörte und das Wachsende, das Zerfallende und das Sprießende. Und er spürte den Schmerz des Verlierens und die Freude des Findens und lächelte mit, über die Brücke von hier nach hier, die vom einen Ufer zu sich selbst zurückführte. Und über den großen Scherz, der in all dem verborgen war.

Und während er so saß und schaute und das Gewicht der Welt in seinen Armen fühlte, und dieses seltsame Lächeln seine Lippen umspielte, da wusste er plötzlich, warum er sein ganzes Leben lang die Bilder von anderen gemalt hatte: Um sich ihre großen Welten und ihre bedeutenden Leben anzueignen, weil er und seine Welt klein und unwürdig schienen.

Er sah, dass es nicht nur sein Anderssein war, das ihn sein ganzes Leben lang von den andern getrennt hatte, sein Gefängnis war seine Angst gewesen, nicht zu genügen. Seine Ideen schienen klein, seine Bilder armselig. Ihm schien das wichtigste zu fehlen. Doch nun, mit dem fremden Lächeln in seinen Mundwinkeln, wusste er, dass es keinen Mangel gab, es gab genug von allem, genug überall, genug Fülle, genug Leben, genug Bilder. Auch für ihn reichte es noch. Er musste es sich nur nehmen. Und er verstand, dass die Zeit seiner Gefangenschaft nun endgültig vorbei war. Sobald er dieses Bild beendet hätte, würde er wegziehen, nach Westen, ans Meer, zu seinen eigenen Bildern.

Er fragte sich nicht, ob er das Original oder die Kopie der Pietà mitnehmen würde.

34

Für Pawel und Qi folgten paradiesische Tage. Sie
wurden nicht müde, zusammen zu sein, sich zu
halten, sich zu befragen, sich gegenseitig zu erforschen. Stundenlang erzählten sie sich auf ihren
Spaziergängen am Fluss, sahen nicht seine träge
Bewegung, noch wie sich der Himmel silbern spiegelte, noch wie der Wind durch die Weiden strich.
Sie sahen nur sich und jeder spiegelte sich im andern. Das Gleiche, wenn sie im Bett lagen. Sie
probierten sich aus. Qi untersuchte jeden Quad-
ratzentimeter von Pawels Haut, betrachtete seine
Färbung, prüfte Rauheit und Glätte, suchte nach
kleinen Flecken, betastete und streichelte und zer-
floss in ihrer eigenen Zärtlichkeit. Oder sie sah
Pawel wortlos so lange in die braunen Augen, bis
sich Dunkelheit vor ihr breit machte und ihnen
beiden Tränen kamen. Pawel war nicht minder
forschend, doch verwandelte sich seine Berührung
stets sofort in Feuer, in eine Raserei, in der er sich
zum erstem Mal und immer wieder neu richtig lebendig fühlte. Wie ein aufgepeitschtes Meer Welle
um Welle über alles hinweg rollen lässt, so warf er
sich wieder und wieder auf Qi um sich in ihrer
Aufgewühltheit zu versenken und sich wundernd,
dass es jedes Mal anders war, dass jede Welle ihr
eigenes Gefühl und ihren eigenen Geschmack mit
sich führte.

Und wenn sie dann endlich satt waren, jeder von
sich selber und vom andern, dann gingen sie zurück in die Welt, erforschten ihre verbundenen
Leiber in der Stadt, in den Parks, vor den Läden,

so als müssten sie prüfen, ob ihr Erleben vor der Außenwelt stand hielte. Sie schlenderten Hand in Hand, scherzten über das, was sie sahen, und fielen sich immer wieder in die Arme, wenn sie das Gefühl hatten, dass sie nun schon zu lange getrennt wären, wie aus einer geheimen Angst, dass ihre Körper sich verlieren könnten.

Davon konnte keine Rede sein, wenigstens diese ersten, glücklichen Tage lang. Aber dann fing in Pawel der böse Wurm des Denkens zu bohren an und er fragte sich, was Qi tat, wenn er nicht bei ihr war und er malte sich aus, wie sie gelebt hatte, bevor sie sich begegnet waren. Und es wurde finster in ihm. Nicht dass er fürchtete, sie zu verlieren, das war unmöglich, er war sich ihrer totalen Zugewandtheit sicher, doch dass sie vor ihm anderes gekannt hatte, vielleicht auch jetzt noch andere an sich heranließ, verletzte seinen Männerstolz. Ein grausiger Besitzanspruch machte sich in ihm breit, das Gefühl, dass nur das Wert hat, was man besitzt, was total verfügbar ist. Aber Qi war nicht verfügbar, etwas, das er nicht hätte benennen können, behielt sie sich vor. Das verunsicherte ihn. Und weil er sich durch die Verunsicherung entwertet fühlte, entwertete er sie. Er ließ Misstrauen zu. Die alten, von der Kultur genährten Vorurteile gegen Frauen, die sich ihre Freiheit nahmen, setzte sich durch.

Es gelang ihm am Anfang, seine Bedenken auf der Stufe des fast Unbewussten zu verstecken. Doch je mehr sie in die Welt gingen, je öfter er sie unter anderen Menschen, das heißt unter Männern sah, desto grösser wurde seine Anspannung. Während er mit ihr im Kaffeehaus plauderte, setzte er alle Männer, die in ihrer Nähe saßen oder vorbeigingen an Qis Seite und malte sich aus, wie sie sich ihnen gegenüber benähme. Und er stellte sich die fürchterlichsten Sachen vor, während sie ihm heiter gegenübersaß und ihn mit strahlenden Augen nichts ahnend anlächelte. Sie hatte keine Probleme, sie liebte ihn und mehr brauchte sie nicht zu wissen.

Aber da gab es noch die alte Kartause und ihre Verpflichtungen, von denen sie bisher noch nie gesprochen hatten. Doch eines Tages, es war ein Samstag und sie saßen in der Mensa der Universität und Pawel hatte ihr voller Stolz alles gezeigt, was mit seinem Studium zusammenhing, da sagte Qi, heute müsse sie um fünf zu Hause sein, sie müsse wieder einmal arbeiten. Es war nicht klar, was sie damit meinte. Und statt dass Pawel sie danach fragte, brachen seine Ressentiments aus ihm heraus.

„Geh nicht dahin zurück", befahl er barsch und der Ton ließ Qi erbleichen. Vielleicht hätte sie nachgegeben, vielleicht hätte sie Christina telefoniert und gesagt, dass sie nicht kommen könne, wenn er nicht diesen harschen Ton angeschlagen hätte. So aber zuckte sie zusammen und wünschte unwillkürlich Schutz vor ihm. Sie sagte nichts und sah ihn nur groß und erschrocken an, unfähig, ihren Schrecken zu überwinden. Er aber fühlte sich stark und fuhr fort:

„Ich verbiete Dir, zurückzugehen."

Hätte er doch etwas von seinem Schmerz und seiner Verzweiflung gezeigt, hätte er doch seine

Verletztheit zugegeben, seine Angst, dass sie ihm entgleiten könne, auch seine Schwäche, die Furcht vor dem Betrogenwerden, die Angst vor dem, was die Leute so sagen. Wäre er doch ehrlich gewesen. Aber jung und dumm wie er war, versteckte er alles nur unter einer Härte, die ihm männlich und gerecht erschien. Und die nun in Bosheit kippte, als er spürte, dass sie nicht nachgeben wollte.

Qi sah ihn weiterhin einfach nur an. Sie war wie gelähmt. Dabei überstieg ihre Verwunderung ihre Angst. Sie begriff nicht, wie ernst die Lage war und darum fühlte sie noch keinen Schmerz.

„Ich muss aber, Christina wartet auf mich", sagte sie schließlich und griff nach ihrem Schal und ihrer Tasche.

Es war das kleine, rote Lackherz.

Da sagte Pawel das Schreckliche:

„Du bist nichts weiter als eine ganz gewöhnliche Hure."

Und noch während er es sagte, stand Qi im Zeitlupentempo auf. Ihr verletzter Blick traf Pawel und ließ ihn nun seinerseits erschrecken. Aber nun war es bereits zu spät. Sie drehte sich gegen ihn und ihr Gesicht hatte jeden Ausdruck verloren.

„Ich wollte, ich hätte dich niemals getroffen."

Ihre Stimme war leise und gefasst und stand im Widerspruch zu der Heftigkeit, mit dem sie ihm nun die kleine rote Tasche vor die Füße warf. Sie drehte sich weg und ging davon.

Bevor Pawel reagieren konnte, war sie zwischen den Studenten verschwunden.

35

Pawel war ungerecht. Qi war keine gewöhnliche Hure. Genau so wenig wie die alte Kartause ein gewöhnliches Bordell war. Erstens wurde hier ein Zweck verfolgt, der über das reine Geldverdienen hinausging. Und zweitens wirkte Schwester Christinas Erziehung nicht nur auf die Mädchen, von denen sie ein perfektes Betragen verlangte, sondern auch auf die Freier. Unausgesprochen aber deutlich verlangte sie Zurückhaltung und so etwas wie Anstand. Und diese reichen Männer, die sich sonst jeden Zynismus und jede Perversion leisteten, ließen sich mit Vergnügen auf das neuartige Spiel ein und gewannen eine ganz neue Qualität von Lust in diesem ungewöhnlichen Dekor von scheinbarer Unschuld. Sie, die sonst keiner Widrigkeit auswichen um ihren Kitzel zu erhöhen, sie inszenierten hier die reine und natürliche Liebe und genossen die Abwechslung wie die würzige Kräuterküche im Refektorium.

Doch auch wenn das alles einen Anstrich von heiler Welt hatte, so war es doch Tatsache, dass hier die Lust zur Ware gemacht und die Sehnsucht nach Bindung und Liebe pervertiert wurden: Die Mädchen verkauften sich und nahmen dabei Schaden an ihrer Seele. Sie verkauften mit sich ihre Sehnsucht oder sie rissen sich alte Wunden auf, bis sie unheilbar wurden.

Aber Qi war anders als die andern. Sie verkaufte sich nicht aus Verzweiflung wie all die armen, in der Kindheit missbrauchten Frauen, die keine andere Wahl haben, als ihr Trauma immer wieder zu wiederholen. Sie verkaufte sich auch nicht aus Geldgier oder um ihre Macht über die Männer rachsüchtig auszukosten. Sie verkaufte sich nicht aus Lust, denn ihre Sexualität war durch Pawel erst richtig erwacht. Zum ersten Mal hatte sie wirklich geliebt. Sie verkaufte sich auch nicht aus Not. Zwar hatte sie auf ihrer Reise in den Westen Schwierigkeiten gehabt, aber diese hätte sie auch anders überwinden können. Qi verkaufte sich, weil es sich so ergeben hatte.

Wie Wasser nicht wählt, wohin es fließt, sondern einfach der Neigung des Bodens folgt, so folgte Qi dem Lauf der Ereignisse ohne jeden Versuch, selber irgend etwas zu steuern. Sie machte sich weich. Und war durch ihre Weichheit stark. Weil es keine Auflehnung in ihr gab, lehnte sich auch nichts gegen sie auf. Weil ihre Sanftheit echt war, begegnete ihr auch keine Härte. Wie ein unversiegbarer Quell in ihrem Innern floss eine seltsame Kraft, die sich nach außen in Zuwendung und sogar Zuneigung äußerte. Was immer sie begegnete, sie ließ ihm ihre sanfte Kraft und Heiterkeit zufließen, berührte alles mit dieser Weichheit und wurde dadurch unberührbar. Ihre Wehrlosigkeit war ihr Schutz. Und dieser hatte lückenlos funktioniert, bis zur Begegnung mit Pawel. Seit die schreckliche Sehnsucht nach ihm sie besetzte, war sie angreifbar geworden. Nun konnte etwas von außen in sie eindringen. Freude so gut wie Schmerz. Wünsche wurden laut in ihr, und eine wilde Gier nach deren Verwirklichung trieb sie, die noch nie getrieben worden war.

Sie hatte sich verletzbar gemacht und war nun

tatsächlich verletzt. Halb blind vor Schmerz und
Verwirrung irrte sie die ganze Nacht durch die
Stadt, ging zu Fuß zur Kartause , riss besinnungslos ein paar Blumen an sich. Dann rannte sie wieder, ohne das Haus zu betreten, zurück in die
Stadt. Sie suchte nach irgend etwas, das ihren
Brand etwas kühlen könnte. Das sie beschwichtigen könnte, das den eingedrungenen Schmerz von
ihr nähme.

Und plötzlich, es dämmerte bereits, stand sie vor
Heinrichs Haus.

36

Schwester Christina hatte während Tagen ihr
Leben betrachtet. Ihre freudlose Kindheit in diesem langweiligen Milieu, wo nur geregeltes Einkommen, geregelte Arbeitszeit, Mahlzeiten um
Punkt zwölf und die Meinung der Nachbarn zählte. Wo Anpassung die Religion ersetzte.

Nach der Schule wurde sie zu den Nonnen geschickt, um Manieren, das heißt die Wertschätzung
für geregeltes Einkommen, für geregelte Arbeitszeit und für die Meinung der Nachbarn zu lernen.

Im Kloster ging ihr eine neue Welt auf. Sie er-
ahnte zum ersten Mal im Leben, dass es Spirituali-
tät gab und was das sein könnte. Und sie schritt
voller Ehrfurcht durch die stillen Gänge. Und sie
erglühte in Verehrung für die sanften Schwestern.
Die Kühle der Kirche mit dem schwülen Weih-
rauchdunst jagte ihr Schauer über die Haut. Sie
liebte das alles mit Inbrunst. Freiwillig ging sie zu

jeder Messe. Und sie tat lammfromm alles und mehr, als von den Schülerinnen verlangt war. Und in den ausgiebigen Gebetsstunden, die sie sich selbst verordnete, beschloss sie, Nonne, und zwar eine Heilige, zu werden. Und wenn sie nun gelegentlich gescholten wurde, weil sie in ihrer jugendlichen Dummheit ein ihr unbekanntes Gebot übertreten hatte, dann grämte sie sich über ihrer Schuld, wälzte sich zur Busse stundenlang vor der kleinen Madonnenstatue in ihrem kargen Zimmer und schlug sich mit ihrem Gürtel.

Sie setzte ihren eisernen Willen durch und wurde Nonne. Die Schwester Oberin, die ihren unbeugsamen Charakter erkannte und wusste, dass sie sich an den Schwierigkeiten der Welt würde ermüden müssen, ließ sie schulen. Sie wurde Lehrerin, zuerst in der eigenen Klosterschule. Dann wurde sie nach Afrika gesandt.

Das war ihre glücklichste Zeit gewesen. Sie unterrichtete kleine Mädchen mit lachenden Augen und steifen kleinen Zöpfchen. Sie steigerte ihre Fähigkeit mit den Alten des Dorfes zurechtzukommen, ihnen das abzuringen, was sie für ihre Schülerinnen brauchte. Sie kämpfte darum, diesen die notwendigsten Dinge beizubringen. Ei, wie sie sich Respekt verschafft hatte unter diesen Leuten, die bisher Nonnen als seltsame Wesen betrachtet hatten, die offenbar Kontakt zu den wichtigeren Geistern hatten und darum einigermaßen hofiert und in Ruhe gelassen wurden. Dank ihrer unerbittlichen Hartnäckigkeit wurde endlich ein Brunnen gegraben, der mehr oder weniger sauberes Wasser hergab. Und die Frauen kamen zu Schule und lernten, die schlimmsten Hygienefehler zu vermeiden. Zwar wurde die Einmischung in diese Dinge am Anfang mit Unwillen registriert, aber sie ließ es sich nicht anfechten. Im Gegenteil, der Widerstand erweckte ungeahnte Kräfte in ihr. Mit der List einer Schlange und der Hartnäckigkeit eines Elefanten zwang sie das Dorf zu seinem Glück. Die Kindersterblichkeit ging zurück, die Frauen zogen vitaminreiches Gemüse in Gärten, so gekonnt, dass sie Überschüsse verkaufen konnten. Und die Männer beobachteten verdutzt, dass ihre Frauen eigenes Geld hatten und sich nicht mehr alles gefallen ließen.

Die Rückkehr ins Kloster fiel Schwester Christina unendlich schwer. Nun musste sie wieder gehorchen. Nun empfand sie plötzlich die Beschränktheit der Regel und die Enge der Lehre, wo Konzepte wichtiger waren, als das lebendige Leben. Hier, in dieser Gemeinschaft, wo kleine Verstöße mehr zu reden gaben als Tode in Afrika, schien vieles entsetzlich nichtig. Das Prinzip hatte immer mehr Gewicht als die Verzweiflung der Person. Und Christina entwickelte mit der ganzen Kraft ihres Charakters Abscheu vor dieser Prinzipienreiterei.

Das war der Grund, dass sie sich so sehr in das Projekt der alten Kartause verbiss. Wenn das Prinzip der Heiligkeit so hoch gehalten wurde, dann sollte es auch nicht missachtet werden, auch nicht in diesen alten Gemäuern, die nun als Schuppen dienten, in die im Winter der Schnee fiel. Wenn der Tisch des Herrn heiliger galt als die Menschen, die sich um ihn versammelten, dann sollte er auch in dieser alten Kirche geschützt und gepflegt werden. Ihr ganzer Widerspruch gegen das System kristallisierte sich in der alten, zerfallenen Kartäuserkirche. Sie verlangte ein Glaubensbekenntnis von ihrem Orden. Und als es ihr versagt wurde, blieb ihr nichts anderes, als die Dispens zu verlangen.

Sie sah sich wieder, wie sie mit einem kleinem Koffer aus der großen Türe trat, in eine Welt, die ihr weitgehend fremd geworden war. Sie fühlte sich nackt in ihren zivilen Kleidern, geworfen in eine unwägbare Realität. Ermüdet von ihrem Kampf, aber auch beseelt durch ihre Wut.

Und da war immerhin ihre Erbschaft und die Aufgabe, die sie sich gestellt hatte. Über der Renovation der Kirche vergaß sie alles übrige. Ihre ganze Kraft war gefordert. Sie kämpfte und hatte zum Nachdenken keine Zeit.

Doch dann war das Ziel erreicht. Die Fresken waren restauriert. Die Stuckaturen waren saniert und schäumten wie Gischt um Fenster und Altar. Die Puttenköpfe lächelten wieder. Der Altar war hergerichtet und wurde von den Heiligenstatuen sicher bewacht. Nur das Chorgestühl musste noch zusammengesetzt werden. Aber schon jetzt dehnte sich die alte Heiligkeit im gewölbten, lichtdurchfluteten Raum wieder aus. Die Aufgabe war vollbracht. Bald würde hier wieder eine Messe gelesen. Christina hatte ihren Schwur gehalten. So schien es ihr bisher. Aber nun, in diesen Tagen, als sie still lag und in ihre stillen Räume starrte und auf eine Antwort wartete, nun wurde ihr klar, dass sie die ganze Zeit nichts anderes getan hatte, als ihrer eigenen Hartnäckigkeit zu dienen. Sie hatte Kampf um Kampf gesucht, nur um immer wieder siegen zu können. Zuerst den Kampf um den Glauben, dann den Kampf um die Kirche. Und nun war da etwas gekommen, das sich nicht bekämpfen ließ. Plötzlich wusste sie: Was sie im Leben niemals gelernt hatte, das war das Nachgeben. Noch nie hatte sie sich wirklich weich gemacht.

Nun ließ sie es zu und weinte über sich und ihre Irrtümer. Sie hatte gekämpft, im Glauben, es für den Himmel zu tun, doch wo war der dabei geblieben? Er schien leer und kalt. Hatten ihre Gelübde überhaupt noch Sinn?

Christina riss sich zusammen: Es war Zeit, ein neues Leben zu beginnen. Sie würde Weichheit und Nachgeben üben.

37

Entsetzt fuhr Heinrich zusammen, als die Türklingel schrillte. Schnell warf er ein Tuch über die Staffelei und versorgte die Palette im Schrank. Und als er öffnete und sah, dass es Schwester Christina war, die vor der Tür stand, beschloss er, sie erst gar nicht ins Wohnschlafzimmer zu lassen, sondern sie in der Küche zu empfangen.

„Schwesterchen", sagte er freundlich und war sich seiner Scheinheiligkeit bewusst, „wie nett, dass du mich besuchst. Magst du Kaffee?"

In Wirklichkeit verfluchte er sie. Sie schien gerochen zu haben, dass er am Fälschen war und hatte ihn dabei überrascht.

„Gern", sagte sie und machte eine Bemerkung über den Terpentingeruch, der sie ans Malen erinnere, was ihn beinahe erröten ließ.

Sie setzten sich an den Küchentisch und blieben still. Verlegenheit und Sprachlosigkeit legten sich peinlich über die Szene. Heinrich riss ein Kekspaket auf und beide lauschten mit Hingabe auf das kratzige Geräusch des reißenden Papiers und das Kollern der Biskuits auf den Porzellanteller.

Endlich riss sich Christina zusammen. Ihre unerschrockene Art gewann die Oberhand. Sie sah Heinrich geradewegs an, mit einem Blick, den er nicht zu deuten wusste.

„Sprich mit mir", bat sie. „Ich habe niemanden, mit dem ich reden kann."

„Worüber möchtest du denn reden?"

Sie blieb lange still, goss Milch in den Kaffee, nahm Zucker, was sie sonst nie tat, und rührte bedächtig.

„Ich glaube, ich bin gescheitert", sagte sie schließlich leise und so traurig, dass es Heinrich ins Herz schnitt.

„Möchtest Du einen Schnaps?" Sie nickte. Er holte zwei große Gläser aus dem Schrank, danach die Flasche aus dem Wohnzimmer. Er schenkte nicht zu knapp ein. Dann setzte er sich und trank ihr zu.

„Auf das Scheitern", murmelte er. Und dachte sich, dass er davon eine ganze Menge verstünde.

Sie verzog das Gesicht. Sie trank selten und dieser Branntwein war besonders stark. Doch er ging angenehm die Kehle hinunter. Sie entspannte sich etwas, ein leichter Glanz trat in ihre Augen. Heinrich fand, dass sie sehr hübsch aussah. Das Kloster hält jung, kommentierte er innerlich, nicht wie das Gefängnis. Er fühlte sich alt und einigermaßen verkommen.

Sie wusste nicht, was sie sagen sollte. Sie hätte so gerne so vieles ausgesprochen, aber sie fand den Anfang nicht. Heinrich beobachtete sie und half ihr nicht. Er durchschaute ihre Hartnäckigkeit und Herrschsucht und sah keinen Grund, ihr irgend etwas zu erleichtern, auch wenn er sie von Herzen gern mochte.

„Du kommst gut voran in der Kirche?" Sie war mehr als zwei Wochen im Bett gelegen und nicht mehr bei ihm vorbei gekommen. Die Frage machte also durchaus Sinn. Aber Heinrich war doch enttäuscht, dass sie sich nun auf dieses unverfängliche Feld begab. Er nickte.

„So gut wie fertig mit dieser Runde", sagte er.

Denn fertig würden sie nie. Auch wenn der Kirchenraum saniert wäre, dann käme doch noch die Sakristei und danach die Krypta und, und, und. Und schließlich müssten sie wieder von vorne anfangen, weil der Zahn der Zeit ja an allem nagte und fraß. Er zuckte die Schultern. Eigentlich machte diese Renoviererei keinen Sinn. Eines Tages würde doch alles zerfallen. Wer sollte auch all das Geld aufbringen um alles, was zerfallen wollte, zu erhalten?

Wieder herrschte Stille. Die Tassen klirrten auf den Untertellern. Schließlich wurde es Heinrich zu bunt.

„Wieso bist du gekommen?"

Er fragte nicht unfreundlich, aber es traf doch

genau ihre Unentschlossenheit, ihre Verlegenheit, ihren Versuch, die Situation in den Griff zu bekommen. Sie war verletzt, er konnte es ihrem Blick ansehen. Aber bei Gott, sie hätte sich lieber die Zunge abgebissen als endlich damit heraus zu rücken, dass sie irgend ein verdammtes Problem hätte und dass sie Hilfe bräuchte. Als ob er nicht vor kurzem an ihrem Bett gesessen hätte, als ob er sie nicht gestreichelt und wie ein Kind beruhigt hätte.

„Ich denke daran, wegzugehen", sagte er schließlich entnervt, „ich habe Lust nach Wärme und nach Meer."

Nun brach ihr Widerstand zusammen, ihre Augen wurden nass. Sie griff nach seiner Hand.

„Heinrich, ich brauche dich."

Er streichelte ihre Hand und dann ihren Arm, eigentlich absichts- und gedankenlos. Aber es war, als ob er damit eine Schleuse geöffnet hätte, als ob ein Strom in Bewegung gekommen wäre, der sich nicht mehr aufhalten ließe. Sie hingen plötzlich verkrallt ineinander und streichelten und küssten sich atemlos. Und weil das auf diesen Küchenstühlen so unbequem war, hob er sie bald auf und trug sie nach drüben. Ihr jungfräulicher Nonnenleib war leicht wie eine Feder.

Sie weinte, als er sie zart und sorgfältig entblätterte. Zitternd schmiegte sie sich an ihn und bot ihm ihren weißen, keuschen Körper, den noch kaum Licht, geschweige denn ein Mann gesehen hatte. Und er strich ihr über die kleinen, festen Brüste und wurde plötzlich wild und erregt, als ihm bewusst wurde, dass er zum ersten Mal eine Jungfrau in den Armen hielt.

38

In dieser Nacht war in der Kartause die Hölle los. Es begann mit Klopfgeräuschen, die wild die Gänge hinauf und hinunterfuhren und immer lauter wurden, so dass die Böden und die Wände zitterten. Zum Glück begann es erst frühmorgens, als keine Gäste mehr im Haus waren. Auch die Klausen waren in dieser Nacht nicht besetzt. Denn alles war so laut, dass Christine es in ihrer Wohnung hören konnte. Vor ihren Fenstern heulte es. In der Küche wurden Pfannen und Geschirr herumgeworfen, obwohl niemand dort war. Sämtliche Fenster und Türen gingen auf.

Christina saß vom Schreck gelähmt, aufrecht im Bett. Aus dem Nebenraum hörte sie Heinrichs Stimme und die Frauenstimme, wie in jener vergangenen Nacht. Dabei wusste sie genau, dass sie Heinrich in der Stadt zurückgelassen hatte. Ihr Bett schien unter ihr zu zittern. Dann wurde ein boshaftes Lachen laut. Und plötzlich prasselte ein Steinregen auf sie nieder, im Zimmer, aus der Decke kommend. Die Steine, die sie trafen, waren warm. Noch bevor sie sich unter der Bettdecke verstecken konnte, wurde sie ohnmächtig.

Als sie wieder zu sich kam, herrschte Ruhe. Draußen war es bereits hell. Noch aber herrschte das fahle Licht vor Sonnenaufgang, das jede Wärme vermissen ließ. Christina sah auf die Unordnung im Zimmer und fing an zu weinen. Es war wie eine Ohrfeige für ihre Hoffnung, es war, als ob sich jemand grausam über sie lustig machte. Sie war so sicher gewesen, dass alles in Ordnung war.

Sie hatte sich so gut gefühlt bei dem Gedanken, nun Hingabe zu üben. Und nun war dieser verdammte Spuk heftiger als je zurückgekehrt. Es konnte doch wohl nicht verlangt sein, dass sie sich diesem elenden Unsinn hingab? Dass sie sagte: Ja ja, lärme, wirble, klopfe, ich sage, es sei gut?

Sie stand verwirrt und taumelnd auf um zum Fenster zu gehen und nach draußen zu schauen, ob dort auch Unordnung herrsche. Doch dort schien alles friedlich und still.

Als sie sich wendete, sah sie, dass die Pfingstrosen, die auf dem Fenstersims in einer Vase gestanden hatten, nun auf dem Tisch ausgelegt waren. Inmitten einer Wasserpfütze bildeten sie ein großes Kreuz.

Hysterisch aufschluchzend warf Christina sich zu Boden. Ihre Hände erfassten ein paar der Kieselsteine, die hier lagen. Mit verkrampften Händen hielt sie diese fest.

Sie wusste mit Sicherheit: Sie spürte Wut und Nachgeben gleichzeitig, sie kämpfte wild und erklärte sich gleichzeitig besiegt. Sie war gefangen in diesem entsetzlichen Widerspruch. Und sie war von jeder Antwort weiter entfernt als je.

39

Nur wenige Stunden hatte Heinrich geschlafen, und diese waren durch wilde Träume nicht sehr erholsam gewesen. Und nun schreckte ihn die Türklingel schon wieder auf.

„Verflixt und zugenäht", fluchte er, „monatelang

kommt kein Mensch und plötzlich klingeln sie in Scharen. Darf man eigentlich nicht mehr in Ruhe schlafen!"

Er vergewisserte sich, dass das Bild noch immer zugedeckt war, bevor er zum Öffner schlurfte. Ein Blick auf die Uhr zeigte ihm, dass es noch vor Sonnenaufgang war. Er schüttelte den Kopf.

Da stürzte schon Qi herein, wild und aufgelöst, schneeweiß, und hielt ihm einen zerrauften Strauß von Pfingstrosen hin. Sie hatte sie halb besinnungslos gepflückt, heftig abgerissen eher, aber sie nickten mit ihren fetten Köpfen und verströmten Duft und Einverständnis.

Heinrich wusste nicht, was er sagen sollte. Erstens war er noch nicht richtig wach und zweitens war die Situation so ungewöhnlich, dass er seine Geistesgegenwart verloren hatte.

„Komm herein", sagte er matt.

Sie folgte ihm ins Zimmer und achtete nicht auf den Mief, der trotz des geöffneten Fensters noch über dem Bett hing. Obwohl sie die Augen weit aufgerissen hatte, schien sie nichts zu sehen. Vielleicht sah sie aber noch immer die weiße Gestalt, die ihr im Getöse des Spuks erschienen war und sie beschworen hatte, zu Heinrich zu gehen. Geh zu Heinrich, geh mit Heinrich hatte sie geleiert und Qi, die ohnehin dabei war, den Verstand zu verlieren, war dieser Stimme gefolgt. Gepeitscht von ihrem Schmerz und den nervenaufreibenden Geräuschen der Nacht war ihr jede Bewegung recht, die Betäubung und Verminderung ihres Schmerzes versprach.

Heinrich war sich nicht sicher, ob Qi bei normalem Bewusstsein war oder schlafwandelte oder sonst verrückt geworden war. Langsam wurde er wacher. Er setzte sich und beobachtete sie. Die Blumen hatte er neben sich auf den Nachtisch gelegt. Ihr Duft war betörend.

„Ich weiß, dass Du weggehst", sie sprach atemlos, hastig und wie unter größter Bedrängnis, „nimm mich mit."

Heinrich schluckte. Er war sich noch keineswegs sicher, ob er tatsächlich weggehen wollte. Er hatte Christina damit bedroht, gewiss, aber sich noch nicht überlegt, wie ernst er es tatsächlich meinte. Er starrte Qi an. Wie kam es, dass sie davon wusste?

Noch bevor er Zeit hatte, etwas zu fragen oder zu sagen, warf sich Qi vor seine Füße und umschlang wie eine Ertrinkende seine Knie.

„Nimm mich mit, ich flehe Dich an".

Ihre Stimme war heiser und kaum zu hören, aber ihre Augen nagelten ihn an, waren aufgerissen, schienen voller Schrecken und gleichzeitig doch auch voll hypnotischer Kraft. Und dann fing sie an, ganz langsam, Heinrich mit ihren Blicken lähmend, ihr Kleid aufzuknöpfen. Wundervolle leuchtende Haut kam zum Vorschein und helle, spitze Brüste. Dann stand sie auf, nahm ihn bei der Hand und zog ihn zum Bett. Er blieb davor stehen wie ein Stock, wie ein Utensil in einem seltsamen Ritual, wie ein Ding ohne eigene Willenskraft.

Qi streifte nun das weit aufgeknöpfte Kleid von ihrem fast überschlanken Körper, danach den kleinen, einfachen weißen Slip, den sie trug. Ein mächtiges, gekraustes Dreieck bot sich ihm dar. Und während sie sich aufs Bett legte, sich in ihrer ganzen Schönheit darbot und auf ihn wartete, fiel Heinrich in die Knie und vergrub seinen Kopf in ihr, rieb sich an ihrem Bauch, schnupperte ihren Duft, und fraß diesen gleichsam, indem er seinen Mund öffnete und mit seinen Lippen so viel von ihrer Herrlichkeit fasste, wie er vermochte.

Dann richtete er sich auf und besah sich das Wunder, streichelte sie, legte ihre Glieder zurecht wie einer, der mit einer Puppe spielt, und betrachtete alles mit der Sorgfalt, wie er Kunstwerke zu betrachten pflegte. Eine Art von Rausch hatte ihn erfasst, er vergaß sich und Qi, er sah nur diesen Körper, den Schimmer der Haut, die Weichheit, den Linienfluss, das Licht das auf ihr und um sie spielte, und ihm war, er müsse sterben vor Schönheit und Glück.

Er nahm ihre Hand, küsste und streichelte sie, während Qi still hielt, mit ernstem, abwesenden Gesicht, als ob sie schlafen würde, als ob sie gar nicht vorhanden wäre, als ob es nur ihren Körper gäbe und ihre Seele weggeflogen wäre in ein Reich der Durchsichtigkeit, indem nichts mehr zu finden ist.

Und dann gewahrte er das Muttermal an ihrem Ellenbogen, ein kleiner brauner Halbmond, leicht erhoben und zart behaart. Und Tränen schossen ihm in die Augen. Und plötzlich hatte er das Bedürfnis, sie zu belohnen, sie zu verwöhnen, sie zu krönen, ihr zu danken, für alles, was sie getan hatte, und er streichelte sie mit noch mehr Inbrunst und noch mehr Zärtlichkeit. Er riss die Pfingstrosen vom Tisch und schmückte Qi, legte ihr eine kühle Blüte auf den Nabel und auf das hellbraune Dreieck und steckte ihr Blütenbälle in die Achselhöhlen und ins Haar. Und er streichelte und liebkoste sie und wiederholte in einem monotonen Singsang:

„Oh du Wunderschöne, du bist viel zu schön für mich. Oh du Herrliche, Du Wunderschöne, du bist viel zu schön für mich."

Und dann nahm er die Pfingstrosen wieder weg und drapierte sie neu. Er legte sie ihr in die auf der Brust gekreuzten Arme, als ob sie schon tot wäre. Doch das gefiel ihm auch noch nicht. Und so veränderte er das Arrangement noch einmal und ordnete die rosa Pracht als duftendes Kreuz an, zwischen Brüsten und Geschlecht, das Zentrum im Nabel. Die Sonne stand schon hoch, als er mit seinem Spiel zu Ende kam, sich endlich an ihr satt gesehen hatte. Seine Zärtlichkeit versiegte und machte einer inneren Stille Platz. Er kniete einfach vor ihr, dankbar und mit gebeugtem Haupt.

Schließlich schlug sie die Augen auf und sah ihn durchdringend an:

„Lass uns gehen, Heinrich, sofort."

Ihre Stimme schien fremd und das war keine Bitte mehr, sondern ein Befehl. Und Heinrich nickte, hielt inne, denn etwas in ihm wollte plötzlich zerspringen. Er zögerte einen Augenblick und sah alte Bilder vor sich: Seinen Zellengenossen im Gefängnis, den alten Kämpfer und Legionär.

„Was tust Du, wenn man Dir eine Handgranate vor die Füße wirft?" flüsterte sein dürrer Schädel und Heinrich zuckte hilflos die Schultern.

„Wirf dich daneben und öffne den Mund, öffne den Mund so weit wie du kannst."

Heinrich riss tatsächlich den Mund auf wie blöde. Und tatsächlich schien ihn jetzt eine Explosion in die Luft heben. Ein Zittern fuhr wie ein Blitz durch seinen Körper. Einen Moment meinte er, dies sei das Ende. Doch dann kniete er noch immer vor Qi und war lebendig wie zuvor. Nein, lebendiger, lebendiger als je zuvor.

Er schloss den Mund und sagte: „Gut, packen wir."

Heinrich füllte eine Reisetasche mit dem Notwendigsten, das war sein Malzeug, ein paar Kleider, den Pass und sein Geld. Bevor er die Wohnung verließ, schlug er das Tuch auf der Staffelei zurück. Die Kopie der Pietà war fast fertig. Er signierte sie mit seinem Namen. Das Original daneben ließ er mit einem liebevollen Abschiedsblick aber ohne Bedauern zurück. Er hatte nun genügend eigene Bilder bis an sein Lebensende.

Und während sich Heinrich fertig machte, zog Qi sich an.

Dies war das letzte Mal gewesen, dass sie sich einem Mann angeboten hatte. In Zukunft zog sie sich nur noch aus, wenn Heinrich sie malen wollte.

40

Nun war sie erlöst, nun konnte sie endlich wieder zurücksinken ins Vergessen und ins sanfte Nichts. Sie seufzte ohne Stimme und strich sich über den nichtvorhandenen Leib. Wie gut, dass der Schmerz aufgehört hatte, wie gut, dass die Gier nicht mehr in ihr fraß. Voller Verzweiflung war sie durch die vergangenen Tage gegangen, hatte sich ihrer Sehnsucht überlassen, hatte sich in die Körper dieser Männer gerammt und keine Erleichterung empfunden. Sie hatte gerast um die große Welle auszulösen und es war ihr gelungen. Aber es hatte ihr nichts gebracht. An Stelle der Sehnsucht quälte sie danach die Unzufriedenheit. Sie tobte, schrie und heulte und alles war umsonst.

Und dann kam dieser Mann und schmückte ihre Leere mit Blumen und berührte ihre Seele mit der nie gekannten und so dringend benötigten Zärtlichkeit. Er hatte sie geliebt, sie hatte es wohl gespürt. Vielleicht hatte er sie sogar angebetet. Und plötzlich wusste sie, dass es diese Erfahrung war, wozu sie wiedergekommen war, wozu sie ihre Selbstvergessenheit aufgeben musste – um sich noch einmal so schrecklich zu quälen. Eine große Heiterkeit erfasste sie. Eine wunderbare Energie stieg in ihr hoch, unversiegbar, gütig. Nun hätte sie die Kraft zu leben. Nun hatte sie die Kraft zu sterben.

Mit einem seligen Lächeln um die nicht vorhandenen Lippen löste sie sich auf. Und der herbe Duft von Holderblüten mischte sich mit den Wolken, die aus den Rosen und Pfingstrosen aufstiegen und sich zwischen den alten Mauern und den herrlich jungen Blättern verteilten.

41

Am nächsten Tag kam Pawel in die Kartause, aber es war zu spät. Qi und Heinrich waren verschwunden. Hilflos schlenkerte er das rote Täschchen in der Hand und sagte, er käme in ein paar Tagen wieder.

Und er kam wieder und wieder. Christina sprach mehr und mehr mit ihm. Sie spürte seine Verzweiflung und seine Hilflosigkeit, die ihrer glich. Sie linderte seine Angst und seine Einsamkeit und gleichzeitig die ihre. Sie sprach von Nachgeben, von sich weich machen, von sich schicken in das Geschick. Und sie sprach zu sich selber. Einmal ertappte sie sich bei der Frage, ob Pawel wohl einen Liebhaber für sie abgeben würde. Aber sie verwarf den Gedanken. Als im Laufe der Wochen die Rosen verblätterten – die Pfingstrosen hatten ihre Schönheit schon lange auf den Kies gestreut – und die erregenden Duftwolken durch den Staub- und Regengeruch des Hochsommers ersetzt waren, da fand Christina ihre Kaltblütigkeit wieder.

Und Pawel, der das spürte, blieb langsam weg. Er tröstete sich bei seinen Pferden und auf langen Spaziergängen dem breiten, trägen Fluss entlang, der sich durch die Wiesen wand wie ausgelegte Aluminiumfolie. Noch immer waren die Spuren des Hochwassers zu sehen, das Gras blieb gebeugt und an den Pfosten und Stämmen der kleineren Bäume hingen noch immer Stroh und Reisigbüschel. Pawel sah nicht hin. Er war ganz auf seine Bewegung konzentriert. Er bewegte ein schmerzendes Etwas durch die Welt. Und plötzlich packte ihn Zorn. Schluss jetzt, schrie es in ihm und er packte das rote Herz, das er wie einen Talisman immer mit sich trug und warf es mit wütender Kraft in den Fluss. Es machte kaum ein Geräusch, als es aufklatschte und ging auch nicht unter. Es tanzte und schaukelte und schwamm träge davon. Er sah ihm lange nach. Zuerst verlor es die Form, dann die Farbe. Nun war es nur noch ein schwarzer Punkt und Pawel verwechselte diesen plötzlich mit anderen Punkten, die auf dem Wasser schwammen.

Es war vorbei.

Christina wirtschaftete weiter. Sie stellte einen neuen Restaurator ein. Dieser bewog sie dazu, die seltene Pietà begutachten zu lassen. Sie löste in der Kunstwelt eine Sensation aus und wurde vom wichtigsten Museum des Landes für eine Summe erworben, die Renovationsarbeiten für die folgenden Jahre deckten. Danach rief sie ihre Mädchen zusammen. Sie erklärte ihnen, dass sie sich nicht in ihr Privatleben einmischen wolle, aber dass sie nicht dulden würde, dass irgend etwas das Renommee ihres Betriebes beflecke. Mit anderen Worten, sie verlangte noch mehr Diskretion. Dies wurde sowohl von den Mädchen wie von den Freiern mit gutmütigem Verständnis akzeptiert, denn es wurde allgemein gemunkelt, dass seltsame Erscheinungen der Schwester Christina übel zugesetzt und diese starke Frau beinahe an den Rand eines Nervenzusammenbruches geführt hatten.

Heinrich und Qi blieben verschwunden. Doch nach Jahren erregten plötzlich Gemälde weltweites Interesse und erzielten Rekordsummen bei Auktionen in Japan, Amerika und Europa. Es waren Frauenbilder, Porträts von Qi, die nach ihrem ersten Ausstellungsort die Madonnen von Quadalquivir genannt wurden.

Als Christina von Heinrichs Erfolg hörte, ließ sie sofort seine Kopie der Pietà einschätzen, die nun seit Jahren in ihrem Schlafzimmer hing. Der Gutachter machte ihr ein Angebot, das weit über der Summe lag, die das Bild des alten Meisters einge- bracht hatte. Aber Christina verkaufte nicht. Sie war überzeugt, dass sie dieses Bild für alle Zukunft vor Unglück, unangenehmen Überraschungen und Spuk beschützen würde.

Und außerdem war es eine Erinnerung an eine ganz besondere Nacht.

42

Qi war wieder die alte. Mit ruhiger Heiterkeit und stiller Sanftheit bewegte sie sich durch die Welt. Die alte Kraft und Zufriedenheit strahlte aus ihr und aus den Bildern, die Heinrich von ihr mal- te. Im Lauf der Jahre machte er ihr drei Söhne. Und als diese groß wurden, schickte sie einen nach Norden, einen nach Süden und einen nach Osten. Und sie selber zog weiter nach Westen – im Jahr, als Heinrich starb. Sie verließ Villa, Gemälde und Vermögen und verschwand. Und niemand hörte mehr von ihr.

Von der gleichen Autorin:
Auf den Schwingen des Pendels
Die Königin der Feuersalamander
Im Labyrinth der Kraft
Liebe überlebt
Arkana
Das Licht der Wüste
Im Schnittpunkt der Dimensionen
Weisses Feuer, schwarzer Schnee

Alle auch als e-book bei kindle-bookshop